職業王妃ですので
王の溺愛はご遠慮願います

夢見るライオン

JN067368

B's-LOG BUNKO
ビーズログ文庫

Contents

クラウス・ギリスア
ギリスア国の冷静沈着で有能な若き王。あまり浮いた話がなく、周囲からは女嫌いだと噂される。マルティナにも厳しい態度を取るが……？
マルティナ・ベネット
歴代最年少で「職業王妃」に就任した才女。ただし、色恋関係にはめちゃくちゃ疎い。初代「職業王妃」のシルヴィアを尊敬している。
職業王妃ですので
王の溺愛はご遠慮願います

Character 人物紹介

エリザベート・スタンリー

スタンリー公爵家の令嬢。クラウスの妃の座を狙っており、マルティナのことを見下している。

アラン・クレメン

クレメン侯爵家の子息。学生時代からのクラウスの親友であり、良き相談相手。

メリー

マルティナに仕える侍女。忠誠心が厚く、マルティナのよき理解者。

スタンリー公爵

王宮に仕える重臣。自分の利益のためなら手段を選ばない性格。

シルヴィア

ギリスア国を存亡の危機から救った初代「職業王妃」。聡明な女性だった。

ジュエルチンチラ

ギリスア国で「伝説の神獣」と言われる小動物。警戒心が強いが、マルティナの前にだけ姿を見せる。

イラスト／woonak

一章◆愛のない結婚式

——今日、マルティナ・ベネットはギリスア国王の愛のない王妃《おうひ》となる——


ギリスア国中に響《ひび》き渡《わた》るような鐘《かね》の音と、大勢の民《たみ》達の祝福の声が聞こえている。

尖塔《せんとう》の連なる大聖堂では、先日即位《そくい》したばかりのクラウス王の結婚式《けっこんしき》が行われていた。

真っ白な大理石の柱がアーチ状の屋根を支え、柱頭のニッチには聖人達の彫像《ちょうぞう》が並び立ち、参列する煌《きら》びやかな衣装《いしょう》の貴族を見下ろしている。

貴族達はそれぞれに贅《ぜい》を尽《つ》くした色とりどりのドレスや宮廷《きゅうてい》服に身をつつんでいた。

そしてクラウス王もまた、白地に金の房《ふさ》と刺繍《ししゅう》がちりばめられ、片側がマントになったギリスア国の正装姿で祭壇《さいだん》に向かって立っている。

しかし、その隣《となり》に立つ花嫁《はなよめ》だけが、この祝いの場に異彩を放っていた。

真っ黒なドレスに、真っ黒なヴェールが長く長くバージンロードを染めている。

ヴェールに隠《かく》されてはいるが、飾《かざ》りっ気なくひっつめた黒髪《くろかみ》と、薄化粧《うすげしょう》の中に際立《きわだ》つ漆黒《しっこく》の瞳《ひとみ》が一層闇《やみ》を深める。

まるで若くして夫を亡《な》くした未亡人のような姿だ。

その表情に晴れやかな笑《え》みはなく、重責を担《にな》う覚悟《かくご》を決めて口元を引《ひ》き締《し》めている。

二人の前に立つ神父は誓《ちか》いの言葉を問いかけた。

「新郎《しんろう》クラウス・ギリスア。新婦マルティナ・ベネット。病《や》める時も健《すこ》やかなる時も、お互《たが》いを無垢《むく》のままに敬い尊重し、決して愛を交《か》わさないことを誓いますか？」

普通《ふつう》の結婚式ではあり得ない言葉が投げかけられる。

しかしマルティナは一呼吸置いて「誓います」と黒いヴェールの奥から淡々《たんたん》と答えた。

神父は肯《うなず》き、隣に立つクラウスに視線を向けた。

「……」

しかし王は無表情に沈黙《ちんもく》したままだ。

マルティナは隣に立つクラウスをそっと見上げた。

琥珀《こはく》の深みを持つ艶《つや》やかな金髪《きんぱつ》に、ラピスラズリを内に秘めたような濃《こ》いブルーの瞳が美しい。整った鼻筋に引き締まった眉《まゆ》がりりしく、ほれぼれするような美男子だ。

国中の女性が憧《あこが》れ、マルティナの周りにも神のように心酔《しんすい》する者がいる。

だがその美貌《びぼう》の国王は、これまで浮《う》いた話一つ聞かず、女嫌《おんなぎら》いの噂《うわさ》さえ流れている。

長引く沈黙に貴族達がざわざわと騒《さわ》ぎ始めた。

神父は誤魔化《ごまか》すように咳払《せきばら》いをして、誓いの言葉を受け取ったかのように式を進めた。

「こほん。では誓いの指輪を」

この特別な結婚式では、誓いの言葉の後に指輪の交換《こうかん》……ではなく、授与《じゅよ》が行われる。

王だけが一方的に王妃に指輪を授《さず》けるのだ。

愛を交わさない王妃は、王への忠誠の証《あかし》となる指輪を受け取るだけだ。

グレーのドレスの少女達が列を作って進み出ると、王の横に跪《ひざまず》く。

その先頭の一人が指輪の入った黒いビロード張りのケースを捧《ささ》げ持つ。

そこには世界中の闇を閉じ込めたような黒ダイアモンドが重厚《じゅうこう》な輝《かがや》きを放っていた。

だがクラウス王はちらりと指輪を見たものの動かない。

やがて高く掲《かか》げ過ぎた少女の手がぷるぷると震《ふる》え出した。そして少女は助けを求めるようにマルティナに視線を向ける。マルティナは思わず少女を支えようと手を伸《の》ばした。

しかしその手は途中《とちゅう》でクラウス王の大きな手に摑《つか》まれた。

「……っ！」

驚《おどろ》くマルティナを冷めた目で見下ろし、クラウスはケースから指輪を取り出すと、摑んだマルティナの左手の薬指にすっとはめ込んだ。

その瞬間《しゅんかん》を待っていたように祝いの鐘が再び鳴り響いた。

参列の貴族達から歓声《かんせい》が上がり、大聖堂の外からも民衆の祝いの声が響いてくる。

もちろん誓いのキスはない。

王は儀式《ぎしき》が終わるとすぐに踵《きびす》を返《かえ》しバージンロードを歩き出した。マルティナは慌《あわ》てて長いヴェールを引きずってその後をついていく。

本来ならば腕《うで》を組んで微笑《ほほえ》み合いながらゆっくりと祝福を受けて進むはずのバージンロードだったが、どんどん歩いていってしまう王を追いかけるだけで精一杯《せいいっぱい》だった。

だがマルティナはヴェールの奥の顔をしっかり上げて、動揺《どうよう》を気取られないように背筋を伸ばしてしっかりと付き従った。

こうして、結婚式は不穏《ふおん》な空気を残しつつ滞《とどこお》りなく終了《しゅうりょう》した。

二章◆冷たい王

この国には一般的《いっぱん》な『妃《きさき》』とは別に『職業王妃《おうひ》』という役職がある。

その成り立ちは今から百年以上前にさかのぼる。

当時のギリスア国は妃達の激しい後継《こうけい》争いが勃発《ぼっぱつ》していた。不審《ふしん》死が相次ぎ、権勢を我が物にしたい重臣達による内紛《ないふん》で政治が機能しない状態にまでなっていた。

やがてその隙《すき》を狙《ねら》った他国による侵略《しんりゃく》で、国家存亡の危機に陥《おちい》る。

その危機を救ったのが妃の一人であったシルヴィアという聡明《そうめい》な女性だった。

王より年上でいつも黒ドレスを着ている変わり者のシルヴィアは、色好みの王を心配した父王が、亡《な》くなる前に遺言《ゆいごん》のように息子《むすこ》の妃の一人にと指名した女性だった。

彼女は男性であれば良き宰相《さいしょう》になったであろうと誰《だれ》もが噂《うわさ》するほど聡明で、貴族達がこぞって知恵《ちえ》を授《さず》かりにいくような才媛《さいえん》だったが、妃として王の訪問を受けることは一度もなかった。読書を趣味《しゅみ》にして淡々《たんたん》と過ごしていたと言われている。

そんなシルヴィアだったが、滅《ほろ》びゆこうとするギリスア国を目前にして立ち上がった。

自分に王に並び立つことも許される女性最高峰《さいこうほう》の地位と権力をお与《あた》えください。さすればこの困難を見事乗《の》り越《こ》えてみせましょう、と。

こうしてシルヴィアは『職業王妃』就任と同時に妃達の後継争いをおさめ、見事な外交手腕《しゅわん》で他国の軍隊さえも追《お》い払《はら》って、国の安定をもたらした。

これによりシルヴィアは救国の王妃として崇《あが》められ神格化され、王が治世を終えるまで国家安定の象徴《しょうちょう》として君臨した。

ここからギリスア国の王は、一般的な『妃』とは別に国家安定の象徴となる『職業王妃』という特別な妃を任命するのが習わしとなったのだ。『妃』がどれほど寵愛《ちょうあい》を受けようとも『王妃』を名乗れるのは職業王妃、ただ一人だった。

即位《そくい》までに妃を一人も迎《むか》え入《い》れていなかったクラウス王であっても、職業王妃との結婚《けっこん》はこれまでの慣習に倣《なら》って受け入れねばならない。


「はああ。無事にお式が済んで安心致《いた》しました。途中《とちゅう》どうなることかと思いましたけど」

王妃の部屋に入ったマルティナに、侍女《じじょ》のメリーが言った。

マルティナが黒いウエディングドレスを脱《ぬ》いでシンプルな黒ドレスに着替《きが》えるのを手伝ってくれている。侍女のメリーはグレーのドレス姿だ。

別に地味な色が好きだからではない。そういう決まりだった。

「王様は近くで拝見すると一層お美しい方でございましたが、女嫌《おんなぎら》いという噂はやはり本当だったのでしょうか？」

少しほつれた髪《かみ》をぴしりと纏《まと》め上《あ》げるマルティナに、メリーが尋《たず》ねた。

「そうね。女性という存在そのものがお嫌《きら》いなのかもしれないわね」

マルティナは他人事《ひとごと》のように淡々と答える。

だが気丈《きじょう》に振《ふ》る舞《ま》っているものの、本当はショックだった。

普通《ふつう》の新郎《しんろう》新婦のように愛の溢《あふ》れる結婚ではなかったとしても、生涯《しょうがい》を王に捧《ささ》げる覚《かく》悟《ご》の職業王妃という存在は、受け入れてもらえるものと思っていた。

「職業王妃まで拒否《きょひ》なさるおつもりでしょうか？」

「陛下は職業王妃という役職にも良《い》い感情を持たれてないのかもしれないわ」

マルティナは身だしなみを整えながら、相変わらず淡々と答えた。

職業王妃はどんな時も冷静沈着《ちんちゃく》に。それがシルヴィアの教えだった。

「そんな気はしていましたが、やっぱり……。歴代の王様なら結婚式の前に職業王妃と決まった女性をお訪ね下さったと聞いていましたが、それもございませんでしたもの」

メリーは長いヴェールをたたみながら不安そうに肯《うなず》いた。

マルティナが職業王妃に選ばれたのは、クラウス王の指名でも重臣達の推薦《すいせん》でもない。

学業に優秀《ゆうしゅう》なことと、勤勉で誠実な個人の才覚によってのみ選ばれたのだ。

初代シルヴィア王妃は、女性が才覚によって立身出世できる制度を作ることに熱意を持っていた。女性であるというだけで、優秀な人材が能力を発揮できないままに朽《く》ちていくことが無念だったのだろう。彼女は晩年、王宮の中に『職業王妃養成院』という組織を作り、優秀な貴族の少女を集め育てることに尽力《じんりょく》したと言われている。

王に並び立つ者としての最低限のマナーや所作の他、政治経済はもちろんのこと、王を守るための護身術や、芸術への深い造詣《ぞうけい》に至るまで、ありとあらゆる知識を身につけつつ、慈善《じぜん》活動を日常の業務として多くの国民の信頼《しんらい》を得られる組織に成長させた。

実際にシルヴィアに育てられた女性は次代の職業王妃となり王を立派に補佐し、その後も遜色《そんしょく》なく引《ひ》き継《つ》がれてきた。

王の即位の時期にタイミングの合うたった一人の女性が、職業王妃の幸運を摑《つか》むことができるのだが、選ばれなかった者も一部は王妃直属の臣下となり充分《じゅうぶん》な給金を与えられ、一部は養成院の役職を得て働き続けることができた。

貴族女性が自分の才覚で立派に自立できる道を作ったのだ。

マルティナは数十年に一人しか選ばれない王妃という幸運を摑んだ数少ない一人だった。

だが今回の職業王妃は就任当初から大きな問題を抱《かか》えていた。

それがクラウス王の女嫌いの噂だった。

多くの歴代の王達は、即位の前に妃を数人娶《めと》り、子どももすでに数人授かっているのが常だったのだが、クラウス王はいまだに一人の妃も子も持っていなかった。

歴代随一《ずいいち》のカリスマ性を持つと言われるクラウス王は、貴族令嬢《れいじょう》達の誘惑《ゆうわく》も多く、誰もが美貌《びぼう》の王に見初《みそ》められることを夢見ているというのに、だ。

「陛下は私に今日初めて会ってみて、やはりお気に召《め》さなかったのね……」

大役に任じられたといってもマルティナはまだ十八になったばかり。平気なふりをしても、メリーの前ではついほろりと弱音が出てしまう。

「そんな……。でももう結婚式は終わりましたわ。今更《いまさら》交代なんてあり得ませんから！」

メリーは鼻息荒《あら》く言《い》い募《つの》る。いつも自分のことのようにマルティナを心配してくれる。侍女のメリーもまた『職業王妃養成院』で共に学んだ院生だった。

仲の良かったメリーを、マルティナが一番の側近侍女に指名したのだ。

『職業王妃養成院』には常時百名ほどの院生がいるが、『職業王妃』の座を逃《のが》した者の中には、メリーのように王妃の侍女として働く者もいる。

メリー以外にも十名ほど侍女としてマルティナに付き従ってきたが、側近侍女は職業王妃に一番近く、メリーはとてつもない名誉《めいよ》だと大喜びで引き受けてくれた。

「陛下が認めて下さらないつもりなら、メリーにも迷惑《めいわく》をかけてしまうかもしれないわね。側近侍女に選んでしまって申し訳なかったわ」

「何をおっしゃるのですか！　私はマルティナ様に選んで頂いて最高に嬉《うれ》しいですわ。華《はな》やかな王宮で大好きなマルティナ様のお側《そば》で働けるだけで幸せです」

それはメリーの本音だった。

茶色のくせ毛に好奇心旺盛《こうきしんおうせい》な茶色の瞳《ひとみ》を持つメリーは、実は勉強はあまり得意ではなかった。貧乏《びんぼう》貴族の口減らしで養成院に放り込まれてしまったのだ。いつもダメな自分を助けてくれたマルティナは、何をやっても優秀でずっと憧《あこが》れの存在だった。

養成院では落ちこぼれのメリーだったが、マルティナだけは人付き合いがうまく機転が利《き》くところが素晴《すば》らしいと褒《ほ》めてくれた。マルティナだけが自分を評価してくれたのだ。

それに……、とメリーはマルティナを見つめながら心の中で呟《つぶや》いた。

(華やかに装《よそお》えばどれほどお美しいことか……)

艶《つや》のある黒髪《くろかみ》も思慮深《しりょぶか》さを感じる漆黒《しっこく》の大きな瞳も、上品に微笑《ほほえ》む口元も、豪華《ごうか》なドレスと化粧《けしょう》をすればどれほど映《は》えることか。

メリーは出会った最初から、誰よりも美しいマルティナに心酔《しんすい》していた。

だが残念ながら艶やかな髪は、職業王妃の規則に従ってぴっちりと後ろでひっつめて、おくれ毛一本なく、化粧はむしろ頰《ほお》のバラ色を隠《かく》し、目元を控《ひか》えめに見せている。

(きちんと化粧をすればマルティナ様ほど美しい方などいないと思うのに)

職業王妃に就任したことで、一生そんなマルティナを見ることはできないのだ。

それだけが残念だった。

「私はメリーが側にいてくれるだけで心強いわ。侍女になってくれてありがとう」

マルティナは改めてメリーに頭を下げた。

「マルティナ様……。勿体《もったい》ないお言葉ですわ。私の方こそ選んで下さってありがとうございます。何があっても私はマルティナ様についていきますわ」

感情豊かなメリーは、すでに涙《なみだ》ぐんでいる。

そんな涙もろいところもマルティナは気に入っている。素直《すなお》に感情を表現できるメリーが、自分にはない大きな美徳を備えているようで、羨《うらや》ましくもあり尊敬してもいた。

「そうね。たとえ陛下が私をお認めにならなくとも、私は職業王妃として王が円滑《えんかつ》に国を治められるように精一杯《せいいっぱい》尽力するだけだわ。私に迷いはないわ」

マルティナは言い切ると、背筋を伸《の》ばし、指をぴしりと伸ばした右手で髪を撫《な》でつけ「偉大《いだい》なるシルヴィア様がお導き下さるでしょう」と告げた。

誰よりも初代シルヴィアを信奉《しんぽう》するマルティナの幼い頃《ころ》からの口癖《くちぐせ》だった。

あまりに生真面目《きまじめ》に教えを守り過ぎて変人扱《あつか》いをされることも多々あったが、そんな不器用さも含《ふく》めてメリーはマルティナが大好きだった。

「私がマルティナ様を全力でお支え致しますわ。さあ、少しお疲《つか》れになったでしょう。厨房《ちゅうぼう》で軽食でももらって参りましょう。少し休んで下さいませ」

メリーは、真っ黒なウエディングドレスを抱えて部屋を出て行った。

一人きりになったマルティナは、部屋を見回した。

華やかな建築様式の王宮は、外観からエントランス、階段の手すりひとつまで細かなモチーフで装飾《そうしょく》され、明るいブルーと白を基調とした色鮮《あざ》やかな宮殿《きゅうでん》だった。しかしマルティナに与えられた職業王妃の部屋は全然違《ちが》う。

大きな窓と重厚《じゅうこう》な柱や扉《とびら》は高級感に溢れているものの、黒や焦《こ》げ茶《ちゃ》色を基調とされている。仰々《ぎょうぎょう》しく堅苦《かたくる》しい。そして大きな執務《しつむ》机と、来客と面談するためのソファセットが置かれている。職務の合間に食事をとるための丸テーブルもあるが一人用のものだ。他には大きな書棚《しょだな》とメリーが飾《かざ》ってくれた花瓶《かびん》の花、それに真っ黒なドレスが並ぶクローゼットがある。

王妃の部屋というよりは、まるで宰相の執務室のような部屋だった。

隣《となり》に寝室《しんしつ》はあるものの、そこに王が足を踏《ふ》み入れることはない。

職業王妃は決して王に恋心《こいごころ》を抱《いだ》いてはならない。恋愛《れんあい》は職務を乱す邪悪《じゃあく》なものだと、幼い頃から懇々《こんこん》と言い聞かされてきた。王が職業王妃に心奪《うば》われるようなことがあれば、それは隙を見せてしまった王妃の過失だ。そして一番許されない禁忌《きんき》だ。

職業王妃の黒ドレスは、初代シルヴィアを踏襲《とうしゅう》していると言われているが、王に隙を見せないためでもある。着飾《きかざ》ることを覚えてしまえば、どこかに隙が出来てしまう。

すべて覚悟の上で養成院に入る道を選んだ。メリーと違って自分の意志だった。

勉強が大好きだった。女というだけで勉強を禁じられることが悲しかった。もっともっと世界のことが知りたかった。そして……姉達のように金持ちというだけの親ほど年の離《はな》れた貴族に嫁《とつ》いで、たまに帰ってきては愚痴《ぐち》ばかり言う未来が嫌《いや》だった。

両親は金持ちに嫁いだ方が手っ取り早く結納金《ゆいのう》が入るのだと反対した。いつも資金不足に悩《なや》んでいた実家には、給金をもらえるようになればすべて仕送りするからと懇願《こんがん》した。

だが「そんなに勉強してもお前が王妃になどなれるはずがないだろう」とバカにされ、ほとんど勘当《かんどう》同然に養成院に入った。まさか王妃になる日がくるとは思いもせず、親不孝な娘《むすめ》なのだとずっと罪悪感を胸に生きてきた。そんな自分が普通の幸せなど望めないことは、最初から覚悟している。

(でも……これだけはお許し下さい)

マルティナは執務机の引き出しの奥にこっそりしまっている寄木細工の小箱を取り出した。色目の違う木々を組み合わせたからくり箱になっている。

手の中で何度か細工を動かすと、蓋《ふた》の部分がスライドして開いた。その箱の中をマルティナはうっとりと見つめる。

「可愛《かわい》い……」

そこには豆形に固めた色とりどりのゼリービーンズが入っていた。

養成院のおやつに時々出されるゼリービーンズを食べずに溜《た》め込んでいる。

食べたいのではなく、華やかな色を眺《なが》めているのが好きなのだ。もう一つ別の理由もあって侍女のメリーにも内緒《ないしょ》で常に補充《ほじゅう》している。職業王妃の給金が出たら、ゼリービーンズだけは自分のために買おうと思っている。

「このピンクは新色ね。なんて可愛い色なのかしら」

マルティナは、本当はファンシーな色が大好きだった。許されるなら部屋中をピンクやオレンジやイエローで埋《う》めつくしたい。だがもちろん職業王妃を目指すと決めた時から、それは叶《かな》わぬ夢だと分かっている。だからせめてこの小箱の色とりどりのゼリービーンズを眺めて癒《いや》されたい。ほんのささやかなマルティナの秘密の楽しみだ。

「ずいぶん嬉しそうだな」

「⁉」

マルティナは部屋の中に突然《とつぜん》響《ひび》いた声に驚《おどろ》いて顔を上げた。

「そんなに職業王妃になれたことが嬉しいか？」

「クラウス様……」

いつの間にいたのか、部屋の戸口にクラウス王が立っていた。

マルティナは慌《あわ》ててからくり小箱を引き出しの奥にしまう。そして部屋の中央に進み出て、深く膝《ひざ》を折って挨拶《あいさつ》をした。

「おいでになっていることに気付かず失礼を致しました。本日より陛下の職業王妃として誠心誠意お仕え致します。どうぞよろしくお願い致します」

完璧《かんぺき》な振る舞いで堅苦しく挨拶するマルティナに、クラウスは不機嫌《ふきげん》な表情を浮《う》かべた。

「ずいぶん仰々しい挨拶だな。王妃というより臣下に接しているようだ」

「臣下でございます。陛下の手となり足となり、ギリスア国のために尽《つ》くす覚悟でございます。なんでもお申し付け下さいませ」

精一杯の誠意で答えたつもりのマルティナだったが、クラウスはますます不機嫌な様子で眉間《みけん》にしわを寄せた。

「臣下だと？　私はそなたを臣下にしたつもりはない」

「!!　お、おこがましいことを申しました。申し訳ございません、陛下」

勝手に臣下を名乗ったことが無礼であったのだと、マルティナは慌てて謝った。

しかしクラウスの怒《いか》りはさらに増してしまったようだ。

「そういうのが気に入らないと言っているのだ！」

「陛下……」

戸惑《とまど》うマルティナの腕《うで》をクラウスがぐいっと掴んだ。

「答えるがいい。本当に生涯私と愛を交《か》わさない自信はあるのか!?」

「もちろんでございます。職務を乱すような愛に溺《おぼ》れることは決してございません！　ご安心下さ……きゃっ!?」

マルティナが自信満々に言い終わるより早く、クラウスのもう一方の腕がマルティナの腰《こし》にまわって抱え込まれた。

反り返るような体勢のマルティナは、クラウスが手を離せば後ろにひっくり返るだろう。焦《あせ》って起き上がろうとするが、抱え込まれて身動きがとれなかった。

「へ、陛下……」

急に目の前の王が恐《おそ》ろしくなった。

がっしりとマルティナの腰を抱《だ》いて、平然と受け止める腕力《わんりょく》を持った男性。目の前にいるのは、紛《まぎ》れもない男性。そう気付いた途端《とたん》、怖《こわ》くなった。

男子禁制の職業王妃養成院で育ち、これほど至近距離《きょり》に男性を近付けたことなどない。

気付けば、マルティナの手はガタガタと震《ふる》えていた。

「……」

クラウスは震えるマルティナに気付いたのか、急にばつの悪い顔になった。

「私は歴代の職業王妃と同じようにそなたを扱うつもりはない。それを覚えておくことだ」

捨てゼリフのように言うと、マルティナの反り返った体をやけに丁寧《ていねい》に、そっと戻《もど》して行ってしまった。

マルティナはただ呆然《ぼうぜん》とその姿を見送ることしか出来なかった。

「マルティナ様！　何をなさっているのですか？」

侍女のメリーは、軽食を持って部屋に入るなり叫《さけ》んだ。

メリーの目の前には、黒のドレス姿で熱心に腕立《うでた》て伏《ふ》せをするマルティナの姿があった。

「見て分からない？　腕の力を鍛《きた》えているの」

慣れない筋肉運動で、マルティナは息を切らしながら答えた。

「な、なにゆえ突然腕の力を？」

マルティナは腕立て伏せを終え、ぴしっと伸ばした右手で髪を撫でつけて立ち上がった。

「クラウス様と共に並び立つ王妃になる者として、引けをとらない腕力が必要かもしれないと思ったの」

「……。あまり王妃様に腕力は求められないと思いますが……」

完璧な常識人のはずのマルティナだったが、真面目過ぎるゆえか時々ずれている。

そういう所が可愛いと思ってしまうメリーだが、今日はまた変な方向にずれたものだと首を傾《かし》げる。

「メリー、何かこう……腕を鍛える鉄アレイのようなものが手に入らないかしら？」

「て、鉄アレイでございますか？　そんな物で鍛えて、いったい何者になるつもりでいらっしゃるのですか？」

「そうね。例えば急に腕を摑まれたら、その腕をこう摑んで投げ飛ばすような……ああ、違うわね。投げ飛ばしてはいけないわ。怪我《けが》をしたら大変だもの。例えば急に腰に腕をまわされたら、その腕をかわして後ろに回り込んで押さえ込むような……ああ、ダメだわ。押さえ込んだりして息の根を止めてしまったりしたら取り返しがつかないものね」

　マルティナは一人でぶつぶつ言いながら考え込んでいる。

「……。いったい何者と戦うおつもりなのか分かりませんが、ともかく軽食を召し上がって一休みしてくださいませ。お茶を淹《い》れますわ」

「ありがとう、メリー」

　マルティナは見事な姿勢で椅子《いす》に座り、出された紅茶を一口飲んで言った。

「やはり陛下は私のことがお気に召さないようなの、メリー」

「えっ？　どういうことでございますか？」

「さっきお部屋に来られて、私の言い方が気に入らないとか、今までの職業王妃と同じように扱うつもりはないとか……おっしゃったの」

「ええっ⁉　王様がそこまでひどいことを⁉」

　メリーは青ざめた。

「自分でも分かっているのよ。私は、勉強は出来たかもしれないけれど、物言いが堅苦しくて、笑ったことのない変人だって噂されていることも知っているわ」

「そ、それは……」

確かにマルティナは養成院始まって以来の秀才《しゅうさい》と言われ、堅物《かたぶつ》で変人と言われていたシルヴィアの生まれ変わりだと、良い意味だけでなく噂されているのはメリーも知っている。だが笑ったことがないというのはデマだ。メリーはマルティナの笑顔《えがお》を知っている。

「少し話してみて、やっぱり嫌いだと思われたのかもしれないわ。私の解任を考えていらっしゃるのかもしれないわね」

「で、でも……。結婚式だって終わったのに……」

マルティナは立ち上がり、大きな窓から花壇《かだん》と噴水《ふんすい》がどこまでも続く広い庭園を眺めた。

この庭園を所有し、ギリスア国を治める強大な王がマルティナの夫なのだ。

「やはり……私に王妃など……出過ぎた夢だったのかしら……」

メリーにだけは本音がこぼれてしまう。

「そ、そんな……。いいえ！　マルティナ様ほど王妃に相応《ふさわ》しい方はいませんわ！　王様が何をおっしゃろうと、私は信じています！」

強く言い切るメリーに、マルティナは微笑んだ。

「ええ、そうね。たとえ陛下が私をお嫌いであっても私は王妃です。せめて公務に関しては陛下を失望させないように尽力しなければね。ありがとう、メリー」

「マルティナ様……」

これほどまでに王に忠誠を誓《ちか》っているのに……とメリーは悔《くや》しかった。

「ただ、万が一私が解任されたとしても、あなたの処遇《しょぐう》だけはきちんと整えるから安心してね、メリー」

「マルティナ様……。私は生涯マルティナ様にお仕え致します。側に置いて下さい」

メリーは涙を浮かべながら懇願した。

「バカね、メリー。私は職業王妃でなければ、ただの田舎《いなか》の貧乏貴族なのよ。あなたならもっといい未来を摑むことが出来るわ」

勘当同然に家をでたマルティナだったが、職業王妃に選ばれたことで両親は手の平を返したように大喜びしてくれた。おそらく仕送りする給金も、充分な額になるだろうと思う。少しは親孝行ができたと思っていたが、これがもし就任早々解任などということになれば、どれほど落胆《らくたん》させるか分からない。今度こそ完全に勘当されるだろう。

マルティナに帰る場所などなかった。

養成院に残って働くしかないのだが、交代させられた職業王妃にそんな道が残されているのかも分からない。

メリーには強気で言ってみたものの、先のことを考えると途方《とほう》に暮れるしかなかった。

三章 ◆ 職業王妃お披露目の舞踏会

すぐにクラウス王から職業王妃《おうひ》解任の命でもくだるのではないかと思っていたが、翌日になってもマルティナのもとには何の知らせもなかった。

「王様はどうされるおつもりなのでしょう？」

メリーはマルティナの艶《つや》やかな長い黒髪《くろかみ》を梳《と》かしながら鏡ごしに尋《たず》ねた。

「分からないわ。でも解任を言《い》い渡《わた》されない限りは職務を全うしましょう」

「では予定通り職業王妃お披露目《ひろめ》の舞踏《ぶとう》会は開かれるのですね？」

代々結婚式《けっこんしき》の翌日に、王宮の広間で職業王妃お披露目の舞踏会が開かれる。

「ええ。歴代の慣習に倣《なら》って職業王妃主催《しゅさい》の舞踏会を開かねばならないわ」

主催者は職業王妃本人だった。

ギリスア国の貴族達を招待して、祝宴《しゅくえん》を滞《とどこお》りなく行うことで新たな職業王妃の手腕《しゅわん》を試《ため》される。このための準備は結婚式の前から着々と行ってきた。

「太上《だいじょう》王妃様の助言を頂き、すでにすべての手配は済ませています」

太上王妃とは先代の職業王妃のことだ。

ギリスア国は王が五十歳になったら太上王となって国政を王子に引《ひ》き継《つ》ぐことになっている。ただし数年の間は王の後見として残り、ゆるやかに引き継いでいく。

これもシルヴィアが定めた法の一つだが、職業王妃もまた王の譲位《じょうい》に合わせて第一線から退く。そして太上王妃となって次の職業王妃の後見として徐々《じょじょ》に公務を引き継ぐ。

今回の舞踏会もずいぶん前から太上王妃の手ほどきを受けて準備してきた。

「毎回この舞踏会で新人の職業王妃は重臣達の嫌《いや》みの洗礼を受けると聞いていますわ。重臣の中には職業王妃の存在を快く思わない方もいるという話ですし」

平民以下の民衆が職業王妃を崇《あが》め信奉《しんぽう》するのと対照的に、貴族達は目障《めざわ》りに思っている者も多い。特に私腹を肥やしたい重臣達にとって、賄賂《わいろ》に屈《くっ》しない職業王妃は扱《あつか》い辛《づら》く、できれば排除《はいじょ》したい存在だった。王に並び立つ地位を与《あた》えられているとはいえ、生まれの身分が低く貴族の派閥《はばつ》を持たない職業王妃は、若いうちは軽《かろ》んじられ、思うように仕事をさせてもらえないことも多い。だから太上王妃の後見は必要不可欠なものだった。

それと、王の承認《しょうにん》と援護《えんご》がどのぐらいあるかも重要だ。

「王様までが味方になって下さらないなら、マルティナ様は舞踏会で誰《だれ》も味方がいないことになりますわ。ああ……心配ですわ」

メリーは不安げにマルティナの髪《かみ》をまとめながら呟《つぶや》いた。

職業王妃養成院で育ったマルティナは、他の貴族との交流をほとんど持ったことがない。

もともと養成院に入ろうという貴族女性は、婚姻《こんいん》によって成り上がる可能性の少ない地方の貧乏《びんぼう》貴族がほとんどだった。王宮の舞踏会に招待されるような高位の貴族ではない。

顔見知りと言えば、養成院の理事長も兼任《けんにん》する太上王妃と、養成院に関わる業務をする僅《わず》かな役人貴族だけだ。

「しかも美貌《びぼう》のクラウス王の妃《きさき》の座を狙《ねら》う重臣令嬢《れいじょう》達の中には、職業王妃不要論を声高《こわだか》に叫《さけ》んでいる方もいるとか」

メリーが王宮の侍女《じじょ》となって集めた情報では、今回の職業王妃は今までの中で最も厳しい立場だと誰もが口を揃《そろ》えて言っているそうだ。

「重臣達やご令嬢達がどのように思っていようとも、私のすべきことは同じだわ。シルヴィア様のお導きに従うだけです」

マルティナは右手でぴしりと黒髪を撫《な》でつけて、いつもの口癖《くちぐせ》を唱えた。

メリーはそんな真《ま》っ直《す》ぐなマルティナが心配だった。

(せめて……もっと髪を大きく結《ゆ》い上《あ》げて華《はな》やかな化粧《けしょう》ができれば。きっとどんな令嬢にも負けないお美しさなのに……)

クラウス王を射止めようと、重臣貴族の令嬢達が贅《ぜい》を尽《つ》くした勝負ドレスでやってくる舞踏会に、マルティナはシンプルな黒ドレスと後ろに纏《まと》めただけの地味な髪形《かみがた》で参加する。

それだけで裕福《ゆうふく》な令嬢達にどんな扱いを受けるのか想像がついてしまう。

（どうぞご無事でお戻《もど》りください）

メリーは祈《いの》りながら、マルティナを舞踏会に送り出した。


王宮の広間は、結婚式の時よりもさらに煌《きら》びやかな装《よそお》いの貴族達で溢《あふ》れていた。

それぞれが個性を主張するように、衣装《いしょう》や髪形に奇抜《きばつ》な趣向《しゅこう》を取り入れている。

特に今回は若い令嬢が多く、膨《ふく》らんだドレスで広間が埋《う》まってしまうほどだった。

それというのも、クラウス王が妃を娶《めと》っていないからだ。しかも舞踏会などという華美《かび》な集まりを好まないクラウスは、公式の行事以外ほとんど参加せず、令嬢達も自分をアピールする場がなかった。誰もが今宵《こよい》こそがチャンスと思っていたのだ。

「それにしても皆様《みなさま》お聞きになって？　あのお噂《うわさ》」

ブロンドの髪を三段に盛り付けて、真珠《しんじゅ》と大輪の花で飾《かざ》る令嬢が、他の令嬢達に尋ねた。

「ええ。もちろん聞いていますわよ、エリザベート様。なんでも陛下は神父の誓《ちか》いの言葉にお答えにならなかったとか」

「今回の職業王妃様は、なんて惨《みじ》めな方なのでしょう。夜伽《よとぎ》のない職業だけの王妃だというのに、それすらも拒絶《きょぜつ》されてしまうだなんて」

「本当に。結婚式で誓いの言葉を無視されたら、私なら恥《は》ずかしくて死にたくなりますわ」

着飾《きかざ》った令嬢達が自分じゃなくて良かったと相槌《あいづち》を打つ。

「でもほら、クラウス様の職業王妃様って、シルヴィア様以来の変人と噂の方でしょう?」

「そうそう。結婚式の後も気にした様子もなく、平然と歩いていらっしゃいましたわね」

「実は私《わたくし》、お顔を見たことがありますのよ。慈善《じぜん》活動に向かって歩く養成院の行列を馬車の中から見ましたの」

三段頭を揺《ゆ》らしながらエリザベートが得意げに言う。

「まあ、それでどんな方でしたの?」

他の令嬢達が興味津々《きょうみしんしん》に尋ねる。結婚式には参列していても、花嫁《はなよめ》がヴェールをつけていたため顔まで見た者は少なかった。

「なんだか妙《みょう》に姿勢が良くて、髪を固めたようにひっつめて、化粧っけのない堅苦《かたくる》しい感じの方でしたわ。女性らしさの欠片《かけら》もなく、なるほど職業王妃になる方はこういう人なのねと納得《なっとく》しましたの」

高位の貴族令嬢達は、職業王妃養成院の院生を軽んじて見ている。

生まれながらに豊かな生活と良縁《りょうえん》を約束されている令嬢達にとって、自力で立身出世を目指すしかない貧乏貴族の令嬢は、それだけで卑《いや》しい者と思っていた。

もちろん、職業王妃という立場になれば自分達より身分も高く、傅《かしず》かねばならない相手ではあるが、それにしても女性としては見下していた。

「あのような方では、陛下が誓いの言葉を答えたくなかった気持ちも分かりますわ。あんな堅苦しくて地味な女性を連れて歩きたくないですものね」

エリザベートは王が気の毒だと肩《かた》をすくめた。

「まったくですわ。職業王妃などという制度が本当に必要なのかしら？」

貴族の令嬢達の間では最近、職業王妃無用論が流行《はや》っている。

「クラウス様のように聡明《そうめい》でカリスマ性のある王様なら、普通《ふつう》の妃がいれば充分《じゅうぶん》ですわ」

「本当にね。私達だって幼い頃《ころ》からマナーや所作は教え込まれてきて、政治や経済だって多少は勉強していますわ。公務だって充分こなせますわよね」

公式の場で王の隣《となり》に立っている姿しか知らない貴族令嬢達は、その裏で職業王妃がどれほどの公務をこなしているかなど知るはずもなかった。

「しかも私達には華やかさと美しさという武器がありますわ」

「王子を産んだ妃が女性の頂点に立つのは、当然の権利ですわ」

平和が長く続くことによって職業王妃の必要性が疑問視されるようになってきていた。

しかもクラウスという有能な王の即位《そくい》によって、令嬢達の夢は膨らむ。

自分こそが美しい王に寵愛《ちょうあい》される妃となって王子を産み、頂点を極《きわ》めたい。

それこそがシルヴィアの時代に騒乱《そうらん》の世を作ったのだが、そこまで考えが及《およ》ぶ者はこの中にはいなかった。


令嬢達が噂話《うわさばなし》に興じている同じ時、マルティナは控《ひか》えの間で舞踏会を取り仕切る役人貴族と執事《しつじ》達の報告を聞いて、新たな指示を出していた。

「王妃様、主だった貴族方はすべて城の中に入られたようでございます」

「ですが思った以上にご令嬢の参加が多く、広間に入れない方もいるようです」

執事達が報告する。

真っ黒なドレスに黒真珠を飾り付けただけの黒髪。宝飾《ほうしょく》といえば左手の薬指の黒ダイアモンドだけのマルティナは、今日の主役というよりホスト役の意味合いの方が強い。

招待された貴族たちが心地《ここち》よく舞踏会を楽しめるように心を配らねばならない。

「ではテラスをすべて開放してそちらにも入って頂きましょう。ダンスを踊《おど》られないご高齢《こうれい》の重臣方は中二階のメザニン席と三階のバルコニー席にご案内してもいいでしょう」

「はい。かしこまりました」

執事達は指示を受けて広間に戻っていった。

マルティナはほっと息をつく。しかし残った役人貴族が、自分よりずいぶん若い新人王妃を試すように告げた。

「広間の方は予定通り準備が整いましたが、まだ王様の姿がございません。本当に参加下さるのでしょうね？　陛下にご確認《かくにん》頂けましたか？」

どきりと言いよどむ。

「それは……今朝はお忙《いそが》しくてお会いすることが叶《かな》わず……」

朝からクラウスを探しているのだが、どこにもいなかった。

まさか舞踏会を忘れているはずはないと思うのだが、わざと知らないふりをするつもりなのかもしれない。出席の確認をしなかったマルティナの落ち度だ。

昨日マルティナの部屋に来た時に確認しておくべきだったと悔《く》やまれた。ただ、あの時はクラウスの思いがけない言葉と行動の数々に慌《あわ》てて、頭が回らなかった。

（ダメね、私は。あれぐらいのことで動揺《どうよう》してしまうなんて。まだまだシルヴィア様の足元にも及ばないわ）

一晩反省して今日こそは完璧《かんぺき》に公務をこなしたいと思っていたのに。

「まず一番に確認しておくことでございましょう。どうなさるのですか？　職業王妃お披露目の舞踏会に王様が不参加では、認めないと言われたようなものでございますよ」

年配の役人貴族は盛大《せいだい》にため息をついた。

娘《むすめ》ほど若い職業王妃。しかも王が拒絶していると噂される相手など、たとえ王妃の地位を持っていたとしても恐《おそ》れることはない。この職業王妃は、太上王の信頼《しんらい》厚い前王妃よりも扱いやすそうだと、すでに心の中で最弱ランクに分類しつつある。

（しかも歴代最年少の十八歳だったか。本当にこの小娘《こむすめ》が最優秀《さいゆうしゅう》の院生だったのか）

これまでの職業王妃はたいてい王よりも年上か同年代が多かった。余程優秀《よほどゆうしゅう》でなければ、この年で選ばれない。前王妃も三十手前で王妃となった。だからか就任当初から貫禄《かんろく》のようなものが備わっていたと聞く。

だが新たな職業王妃は、変人の噂は聞いていたが、会ってみると真面目過ぎるだけの普通の少女にしか見えない。

（これまでの王は職業王妃の尻《しり》に敷《し》かれがちだと言われてきたが、今回ばかりは逆転しそうだな。なにせ相手は歴代随一《ずいいち》の切れ者王と言われるクラウス様だ）

クラウス王もまだ若く二十五歳だが、すでに二十《はたち》歳の時には頭角をあらわし、太上王に意見したりしていた。人脈も堅固《けんご》に培《つちか》ってきて、まったく隙《すき》がない。

その隙のなさは女性関係でも表れていて、醜聞《しゅうぶん》どころか浮《う》いた話一つ聞かなかった。

そんなカリスマ王に、果たして公務を補佐する職業王妃が必要なのか。

それは男性貴族の間でも最近よく話題になっていた。

娘をクラウス王の妃にしたい重臣達の間では、このチャンスにいよいよ職業王妃を廃《はい》して、『王妃』の父という権力を握《にぎ》りたい……というのが本音だった。

「さて、どうなさいますか？　そろそろ王妃様のお出ましの時間ですが、お一人で登場して王様がお見えにならなかったと説明なさいますか？　陛下目当てのご令嬢方はずいぶん落胆《らくたん》して、王妃様への不信感につながるかもしれませんが」

役人貴族は辛辣《しんらつ》に尋ねた。

この職業王妃に媚《こび》を売る必要はないと判断したのだ。

「……」

痛いところばかり突《つ》かれ、マルティィナは黙《だま》り込んだ。

これが舞踏会に参加している貴族たち大半の本音に違《ちが》いない。

味方のいない孤独《こどく》がひしひしと染《し》みてくるような気がした。

だが俯《うつむ》いたまま一つ深呼吸をすると、自分を奮い立たせるように指をぴしりと伸《の》ばした右手で髪を撫でつけ、真っ直ぐに顔を上げて告げた。

「仕方がありません。事実を正しく知らせるのが私の成すべきことです。シルヴィア様がきっとお導き下さることでしょう」

毅然《きぜん》と言い放つマルティィナに、貴族役人は下卑《げび》たうすら笑いを浮かべた。

「はは。左様でございますか。さすがは公明正大な職業王妃様ですな。ただし私は言われた通りにきちんと仕事は果たしましたからね。陛下が現れなかったのは私の落ち度ではありませんから。そこのところは後ではっきりと説明して下さいね」

すでに役人貴族は自己保身しか考えていない。

「分かっています。あなたは私の指示した通りすべての手配をしてくれました。あなたに決して責任が及ばないようにします。安心して下さい」

マルティナは告げると、戸口に向かって歩き出した。しかしその時。

「待て！」

ふいに部屋の中に声が響《ひび》いた。

「⁉」

控え室にはマルティナと役人貴族の二人しかいないと思っていたので驚《おどろ》いた。

「誰が来ていないだと？」

声は部屋の角に置かれた衝立《ついたて》の向こうから聞こえてくる。

着替《きが》えなどが必要になった時のため衝立が置かれているのだと思っていたが、マルティナは頼《たの》んでいない。誰か気の利《き》く人が用意してくれたのだろうと思い込んでいた。

「早く来過ぎて寝込《ねこ》んでしまっていたようだ」

そう言ってあくびをしながら現れたのは、クラウスだった。

衝立の向こうに置いたソファで寝ていたらしい。

「陛下っ！」

「へ、陛下⁉　ずっとそこに……⁉　まさか今までの会話をすべて……」

役人貴族が青ざめた。

「さて、会話？　今まで寝ていたので知らないな」

役人貴族はその言葉を聞いてほっと胸を撫で下ろした。しかしクラウスは更《さら》に続けた。

「何か聞かれて困るような話でもしていたか？　まさか私の職業王妃を貶《おとし》めるような無礼な物言いはしていないだろうな？」

「‼」

役人貴族はいよいよ真っ青になった。

その役人貴族にクラウスはぐいっと顔を近付ける。

「王妃への侮辱《ぶじょく》は私への侮辱と同じだ。万が一そのような素振《そぶ》りを見つけたら、不敬罪を問うことになるだろう。そのこと、ゆめゆめ忘れるな。分かったな？」

冷ややかに詰《つ》め寄《よ》られ、役人貴族はこくこくと肯《うなず》いた。

「は、はいっ！　心してお仕え致《いた》しますっ‼」

マルティナはその様子を唖然《あぜん》と見つめていた。

（まさか私を助けてくださったの？）

どう見てもそうとしか思えないが、それが信じられなかった。

（私の解任を言い渡すつもりではなかったの？）

昨日から、どう考えても嫌《きら》われているとしか思えなかったのに。

「何をしている？　行くぞ」

クラウスは戸口に立ってマルティナに振《ふ》り返《かえ》った。

「は、はいっ!!」

マルティナは慌ててクラウスの横に並んだ。

「……」

「？」

無言で立ち止まったままのクラウスに、マルティナは顔を上げて首を傾《かし》げた。

「腕《うで》を持つがいい。並んで歩くなら、その方が歩きやすい」

はっと見ると、クラウスがマルティナに肘《ひじ》を差し出していた。

「あっ！　はい。では失礼致します」

マルティナはその肘にぺこりと頭を下げて、恐る恐る摑《つか》んだ。

結婚式ではバージンロードをどんどん歩くクラウスの後をついていくだけで、腕を組むこともなかった。そういう人なのだと思っていたのだが。

「ふ。私の肘に頭を下げてどうする」

可笑《おか》しそうに微笑《ほほえ》むクラウスが意外だった。

思ったよりも冷たい人ではないのかもしれないと、マルティナは少しだけ安堵《あんど》した。


「王様、王妃様のおなりでございます」

両開きの扉《とびら》が厳《おごそ》かに開かれ、広間は一瞬《いっしゅん》にしてしんと静まった。

そして現れた二人に、再び広間は騒然《そうぜん》とした。

マルティナは並んでみて初めて気づいたのだが、クラウスはマルティナの黒ドレスに合わせるように黒衣の正装姿だった。

色とりどりの衣装で溢れる広間に異質な職業王妃の黒ドレスは、お揃いの黒衣の王が隣に並び立つだけで場になじみ、違和感《いわかん》ではなく特別な二人を演出してくれる。

その黒衣の王の腕を持ち歩く様は、紛《まぎ》れもなく王のただ一人の妻であった。

「ど、どういうことなの？」

「あのクラウス様が腕を預けておられるわ」

「王妃様を嫌ってらっしゃるのではなかったの？」

腕を組んで真ん中の通路を歩く二人に、エリザベートをはじめとした令嬢達が悔《くや》しそうにひそひそ話す声が聞こえてくる。

一人で惨めに現れる王妃を期待していた面々は、予想外のことに唖然としていた。

「どうやって陛下を懐柔《かいじゅう》したのかしら?」

「あの職業王妃は侮《あなど》れないですわね、エリザベート様」

「……」

エリザベートはマルティナを睨《にら》みつけ、無言のまま唇《くちびる》を噛《か》みしめた。

広間の一番奥に進むと、数段の階段を上った檀上《だんじょう》に玉座が設《しつら》えてある。

玉座に座ることができるのは王と王妃だけだ。太上王と太上王妃はすでにこの座を退き、三階のバルコニー席で見守っている。

「皆《みな》の者、今日はよく集まってくれた」

最初に挨拶《あいさつ》するのは王であるクラウスだった。

「はああ。やはり素敵《すてき》ですわクラウス様。玉座がなんてお似合いなのかしら」

令嬢達はうっとりと若い王に見惚《みと》れている。

「皆に改めて紹介《しょうかい》する。我が王妃となったマルティナ・ベネットだ。今宵は王妃主催の舞踏会を存分に楽しんでいってくれ」

「わあああ!」という祝福の歓声《かんせい》に紛れて、令嬢達の不満の声が囁《ささや》かれる。

「ううう。クラウス様の口から我が王妃なんて聞きたくなかったですわ」

「結婚式のように冷たくあしらわれるのかと思ったのに……悔しい……」

いまだ妃の座を射止めた者がいなかっただけに、職業王妃ごときが我が物顔でクラウスの隣に立っているのが腹立たしい。ちょっとお似合いに見えるのが余計に悔しい。

「あの輝《かがや》くようなクラウス様の隣に地味な職業王妃様は似合いませんわね」

負け惜《お》しみのように言う者もいる。

「でも思ったよりもお若い方ではなくて？」

「本当ですわ。私達よりずっと年上の方だと思っていましたけど」

令嬢達は歴代の中で極端《きょくたん》に若い職業王妃に焦《あせ》りを感じていた。

「なんだか嫌ですわ。あのように若い王妃様にお仕えしたくないですわ」

「わたくしも気に入りませんわ。ねえ、少しばかり身《み》の程《ほど》を分からせてあげませんこと？」

「うふふ。それはいい考えですわ。若い王妃が勘違《かんちが》いしてクラウス様に良からぬ想《おも》いを抱《いだ》かぬように。王宮貴族の洗礼を浴びせてさしあげましょう」

「クラウス様が玉座から離《はな》れた時には嫌みの一つも言ってやりましょうよ」

「そうね。あの堅苦しい王妃といても退屈《たいくつ》でしょうから、きっとクラウス様はすぐに席をお立ちになってご友人のところに行かれるに違いないわ」

嫉妬《しっと》する令嬢達の不穏《ふおん》な思惑《おもわく》があちらこちらで囁かれた。

「皆様、各地からたくさんお集まり頂き感謝致します。本日より職業王妃に就任致しましたマルティナ・ベネットです。偉大《いだい》なる初代シルヴィア王妃の教えを守り、このギリスア国のために尽力《じんりょく》して参ります。どうかお力添《ちからぞ》えくださいませ」

マルティナは落ち着いた表情で、型通りだがそつのない挨拶をしてスムーズに舞踏会は始まった。

「王妃様、無事の就任お祝い申し上げます」

「祝辞、感謝致します」

王妃は玉座に座り列をなす貴族達の挨拶を受ける。たいていこのお披露目の舞踏会では、王妃は長蛇《ちょうだ》の列となる貴族達の挨拶を受けるだけで終わってしまうはずだった。

しかし、マルティナの場合は挨拶の列がすぐに途切《とぎ》れてしまった。

重臣達の半分は挨拶しないことで王妃を認めるつもりはないという意思を示し、若い令嬢達に至ってはほとんど誰も挨拶に来なかった。

先日の即位式の後の舞踏会では、クラウスが他国の来賓《らいひん》をはじめとした男性貴族の挨拶を受けるだけで舞踏会が終わってしまったのとは大違いだった。その時は若い令嬢達は後回しにされて、ついに挨拶もさせてもらえなかった。

「……」

マルティナは誰も寄って来ず閑散《かんさん》とした玉座で手持ちぶさたに座っているしかなかった。

楽しげに歓談《かんだん》する貴族達の誰も知らない。ポツンと座る王妃を皆が指さして嗤《わら》っているような気がする。実際マルティナをバカにするようなひそひそ話も聞こえてきた。

激しい疎外感《そがいかん》だった。

この人々をまとめて、国の王妃としてやっていけるのかと急に不安になる。

（シルヴィア様はこんな時どうしたのかしら？　いいえ、シルヴィア様は最初から多くの重臣に尊敬されていらっしゃった。私とは出だしから違うのだわ）

職業王妃養成院という閉鎖《へいさ》的な場所から、いきなり華やかな王宮の中心に立たされる重責は、覚悟《かくご》していた以上に重いものだった。

（自分から檀上を下りて話しかけにいってみる？　いいえ、王と違って職業王妃は軽々しく玉座を下りてはいけないと太上王妃様に言われていたのだったわ）

王は気楽に玉座を離れて気に入った令嬢達とダンスを踊ったりもできるが、職業である王妃は玉座を守らねばならない。

あれこれ悩《なや》むマルティナに、唐突《とうとつ》にクラウスが声をかけた。

「堂々と座っていろ」

マルティナははっと隣に座るクラウスを見つめた。

「若い王妃に少し意地悪をしてやろうと思っているのだろう。そのうち意地悪に飽《あ》きて挨拶に来る者もいるだろう」

「陛下……」

孤独な玉座でクラウスの言葉がじわりと温かかった。

「私が側にいてやるから安心しろ」

「……」

この人は冷たいのかと思うと、絶妙《ぜつみょう》なタイミングで欲《ほ》しい言葉をくれる。

さりげない一言で、不思議なほど安心する。

マルティナは摑みどころのないクラウスに戸惑《とまど》いながらも、おかげで落ち着きを取り戻すことができた。

そんなマルティナに、クラウスは小声で話しかける。

「王宮貴族といっても中身は同じ人間だ。恐れる必要はない。ほら、あそこの壁際《かべぎわ》に立っている威張《いば》った紳士《しんし》がいるだろう？　ディーン伯爵《はくしゃく》といって怖《こわ》そうな顔をしているが、家に帰ると恐妻《きょうさい》に尻を叩《たた》かれいつも怒《おこ》られているらしい」

「まあ」

マルティナは意外な話に驚いた。

「ほら、あちらの青いドレスのつんつんしたご婦人がいるだろう？　ラグナ侯爵夫人《こうしゃくふじん》といって、ああ見えてペットの犬にメロメロで、犬の話をすれば機嫌《きげん》が良くなる」

「ラグナ侯爵夫人……」

クラウスは知り合いのいないマルティナのために、面白《おもしろ》い解説をつけて貴族達を一人一人教えてくれた。そうして話し込んでいるうちに、若い令嬢達もぽつりぽつりと挨拶にきてくれるようになった。

「王妃様、ご就任お祝い申し上げます。ローズ・スミス伯爵令嬢でございます」

令嬢はマルティナに挨拶してから、ちらりと隣のクラウスを見つめる。

目当てはクラウスに名前を覚えてもらうためだろうが、それでも嬉《うれ》しかった。

「ローズ・スミス伯爵令嬢。祝辞、感謝致します」

そんなマルティナをいらいらと見つめる一団がいた。

「ローズったら。ぬけがけして。許せないわ」

「クラウス様とあんなに近付いて」

「ねえ、私達も挨拶に行きましょうよ、エリザベート様」

令嬢達は予想に反して玉座から動かないクラウスにしびれを切らしていた。

王妃が一人になったところで、みんなで挨拶に押しかけ、少々辛口《からくち》の王宮令嬢の洗礼を浴びせてやろうと思っていたのに、誤算だらけだった。

「行きたければ勝手に行けばいいでしょう！　私は行かないわ。誰があんな王妃に挨拶するもんですか！」

「えー、せっかくクラウス様のお側《そば》近くに行けるチャンスなのよ」

「ここはクラウス様に近付くために、我慢《がまん》して挨拶しましょうよ」

「そうよ。もしかしたらクラウス様がダンスに誘《さそ》ってくださるかもしれないわよ」

その言葉には他の令嬢が間髪《かんはつ》を容《い》れず反論した。

「バカね。クラウス様がダンスに誘ってくださる訳がないじゃない。数多《あまた》のご令嬢が勇気を出してお誘いしても、みんな断られたという話よ」

普通は女性からダンスに誘ったら、断る男性は滅多《めった》にいない。だがクラウスだけは王子時代からどんな美女の誘いも断っていた。それがクラウスが女嫌《おんなぎら》いだと言われている一番の所以《ゆえん》でもあった。

「……」

エリザベートは、ふと、いい事を思いついてにやりと笑った。

「いいわ。ご挨拶に行きましょう」

急に態度を変えて、先頭に立って玉座に向かう。他の令嬢達は首を傾げながらも慌ててエリザベートの後を追いかけた。

「王妃様。エリザベート・スタンリー公爵《こうしゃく》令嬢でございます。お初にお目にかかります」

エリザベートはマルティナの前に立つと、ドレスを広げ見事な挨拶をした。

広間の中でもひと際目立つゴージャスなドレスのエリザベートにマルティナは見入った。

そしてなんて美しい人なのだろうと感心していた。

「スタンリー公爵のご令嬢ですね。お父上の活躍《かつやく》は聞いています」

貴族に知り合いのいないマルティナでも、重臣のスタンリー公爵の噂ぐらいは知っている。議会でも発言力の大きい派閥を持ち、要注意人物だと太上王妃にも聞かされていた。

「このようにお若い王妃様だとは存じませんでしたわ。お年も近いようですし、どうぞ仲良くしてくださいませ」

さっきまでと全然違うエリザベートに、後ろの令嬢達が顔を見合わせている。

だがマルティナは素直《すなお》に喜んだ。

「ありがとうございます。嬉しいですわ」

みんながよそよそしい中で、なんて気さくで優《やさ》しい人だろうと嬉しかった。

だが喜んだのも束《つか》の間《ま》だった。

「もっと王妃様とお近付きになりたいですわ。玉座を下りて一緒《いっしょ》に踊りませんこと?」

「そ、それは……」

エリザベートの申し出にマルティナは戸惑った。

王妃は軽々しく玉座を下りてはならない。ただ一つの例外を除いては……。

「私は玉座を離れるわけにはいきません。残念ですが……」

「あら。王様とダンスを踊られるなら玉座を下りても構わないはずですわ」

エリザベートはすぐに告げる。その通りだった。

舞踏会で王妃が玉座を下りるのは、王とダンスを踊る時だけだ。

「私《わたくし》、王妃様と一緒にダンスの輪に入りたいわ。王妃様が王様をお誘いすればよろしいですわ。ダンスの輪に入ればもっと皆様とも打ち解け合えると思いますの」

「で、ですが……」

マルティナはちらりとクラウスを見た。ひどく迷惑《めいわく》そうな顔に見える。

「ああ、お願いですわ、王妃様。私《わたくし》もっと王妃様と仲良くなりたいのです」

そんな風に言われると断りにくい。

「さあ、王妃様。王様をダンスに誘ってくださいませ」

エリザベート達には、クラウスがどう答えるか分かっていた。

今までどんな美女の誘いも断ってきたクラウスだ。

広間中の貴族達が注目する中で、ダンスに誘う王妃と、それを冷たく断る王。

これほど楽しい見世物はない。

後ろの令嬢達もエリザベートの真意に気付いて更に煽《あお》る。

「私達からもお願いしますわ。王様をお誘いくださいませ、王妃様」

令嬢達に取り囲まれて懇願《こんがん》され、マルティナは困り果てた。

「ああ、やはり王妃様は我々のようなものと仲良くしたくないのですわね」

「だからダンスを踊って下さらないのだわ。我々がこれほど親交を求めていますのに」

もうクラウスをダンスに誘わなければ収拾《しゅうしゅう》がつかない雰囲気《ふんいき》だ。

仕方なく、絞《しぼ》り出《だ》すように告げる。

「陛下……私と……ダンスを踊って頂けませんか……？」

クラウスは明らかに不機嫌《ふきげん》な顔になっていた。

せっかく少し優しい表情をしてくれるようになっていたのに、また怒らせてしまったと思った。今度こそ本当に嫌われたのだと俯くマルティナに、クラウスのため息が聞こえた。

「マルティナ」

「は、はい！」

名前を呼ばれ、怒られる覚悟で顔を上げる。しかし。

「ダンスは苦手なのだが、王妃の誘いとあれば断れまい」

「え？」

驚くマルティナにクラウスが手を差し出す。

「一曲だけだぞ」

「は、はいっ！」

困ったように微笑むクラウスの手にそっと手をのせる。

そのままつかつかと玉座の階段を下り、ダンスホールに降り立った。

「え……うそ……」

「まさか……クラウス様が？」

エリザベートをはじめ令嬢達が唖然と見守る中、ワルツが始まった。

色とりどりのドレスの輪に、黒ずくめの衣装の二人が入っていく。

「わあ！」と歓声が響き、二人のために場所を空け中央に誘《いざな》われていく。

マルティナのドレスが廻《まわ》るたびに黒い弧《こ》を描《えが》き、クラウスの黒マントが翻《ひるがえ》る。

「あ、あの……申し訳ございません、陛下」

ダンスを踊りながら、マルティナは小声で詫《わ》びた。

「まったくだ。踊るつもりなんてなかったのに、どうしてくれようか」

「お、お許しください……」

やっぱり怒っているのだと恐縮《きょうしゅく》するマルティナに、くすりと笑う声が聞こえた。

顔を上げて見ると、間近にあるクラウスの瞳《ひとみ》は穏《おだ》やかに微笑んでいる。

「ダンスは苦手なのだ。だからいつも断っていた」

「で、ですがとてもお上手で苦手なようには思えませんが……」

マルティナも養成院で一通りのダンスレッスンを受けてきたが、クラウスはリードがうまくとても踊りやすい。かなり上手な部類に入るのではないかと思った。

「苦手というのは踊りではない。王子という立場、王という立場で脚光《きゃっこう》を浴びせられる、この状況《じょうきょう》が苦手なのだ。周りを見てみるがいい」

クラウスに言われ、踊りながら周囲を見回すと、誰もがマルティナとクラウスに注目していた。みんな踊ることをやめ、次々に観客となって二人から離れていく。

気付けばダンスホールは二人だけの舞踏会になっていた。

「どうだ？　嫌だろう？　私が踊ると、こういうことになってしまう」

マルティナが嫌だから不機嫌になったのではなかった。そのことにほっとする。

そしてそれほど嫌なダンスを自分のために踊ってくれたクラウスの優しさが心に染みる。

（この方は……噂に聞くほど女性に冷たい方でも、恐ろしい方でもないのかもしれない）

むしろ、これまで出会ったどんな男性貴族よりも温かい心根を持っている。

どんな王であっても心からお仕えしようと思っていたけれど……。

この人の職業王妃で良かったと、マルティナの心は感謝の気持ちで溢れていた。

そうしてエリザベート達の憎《にく》しみに満ちた視線に気付くこともなく、マルティナの初仕事は夜半に無事終了《しゅうりょう》したのだった。

四章・クレメン侯爵邸のサロン

舞踏会《ぶとう》から一夜明けて、クレメン侯爵邸《こうしゃくてい》のサロンではクラウスと近しい貴族を集めた、即位《そくい》・結婚《けっこん》祝いのパーティーが開かれていた。

クレメン侯爵のアランは、クラウスが学友として最も心を許している相手だった。

赤髪《あかがみ》に緑の目がりりしい筋肉質な男だが、大らかで裏表のない人柄《ひとがら》を慕《した》って、貴族の友人も多い。若くして父を亡《な》くし家督《かとく》を引《ひ》き継《つ》いだ苦労人でもあり、二十五歳で王位を継いだクラウスの良き相談相手だった。

外交的なアランは、自邸《じてい》のサロンに人を集めて交流するのが好きで、クラウスの人脈の厚さも、アランという強い右腕《みぎうで》があってのことだ。

「ようこそ皆様《みなさま》！　我らの王、クラウス様の即位と結婚を祝って今日は飲み明かそうぞ！」

アランが杯《さかずき》を上げて音頭《おんど》をとると、若い貴族達が「おーっ！」と声を上げ、同じように杯を上げた。クラウスが学友として過ごした気楽な仲間たちだ。

「今日は無礼講だ。みんな昔のように気楽に話しかけてくれ！　な？　クラウス？」

アランが隣《となり》のクラウスの肩《かた》に手を回し、勝手に宣言した。

クラウスは肩をすくめながらも「今日は許す」と言って杯を掲《かか》げた。

こんな風に昔の学友達と気さくに飲み明かすのは久しぶりのことだった。

クラウスが数いる王子の中から世継《よ つ》ぎと決まったのは、二年ほど前のことだ。

ギリスア国では長男が世継ぎになるわけでも、寵姫《ちょうき》の子が世継ぎになるわけでもない。

世継ぎを決めるのは、職業王妃《おうひ》だった。

職業王妃の最大の権限であり、その決定には王であっても逆らうことはできない。

それがシルヴィア王妃の定めた最大の法であり、職業王妃の生涯《しょうがい》最高の仕事である。

能力、人柄、人脈、適性、すべてを鑑《かんが》みて、王子の中から職業王妃が選ぶのだ。

妃《きさき》たちの後継《こうけい》争いによって国が傾《かたむ》きかけたギリスア国ならではの法だった。

もちろん王や重臣達の意見も取り入れるのだが、最終判断をするのは職業王妃だ。

クラウスはほぼ揉《も》めることなく全員一致《いっち》で選ばれた。

それからは世継ぎの王子として学友たちとも一線を引いた付き合いになっていたが、アランだけは良くも悪くも変わらない態度で接してくれた。

時に世継ぎの王子に無礼だと注意されることもあったが、アランの人懐《ひとなつ》っこい人柄とクレメン侯爵という高い家格ゆえに許されてきた。何よりクラウスが許してきた。

その美貌《びぼう》と明晰《めいせき》さゆえに冷酷《れいこく》に見られがちなクラウスにとって、アランは大切な緩衝《かんしょう》材の役割をこなしてくれていたのだ。

「今日はなんと、ご令嬢《れいじょう》方もお越《こ》し頂いている。どうぞお入り下さい！」

アランが言うと、サロンの扉《とびら》が開いて華《はな》やかなドレスの令嬢達が次々入ってきた。

「おーっ！　さすがアラン！　気が利《き》くじゃないか！」

「おお！　美女だらけだ！」

男性陣《じん》は大喜びで迎《むか》えた。

先頭に立って両開きの扉いっぱいに広がるドレスで現れたのはエリザベートだった。

エリザベートの父であるスタンリー公爵《こうしゃく》から頼《たの》まれ、今日のサロンに招待することになった。クレメン家と古くから繋《つな》がりのあるスタンリー公の頼みゆえに断れなかった。

アランとしては、本当は男同士本音で飲み明かして、王となったクラウスの良き側近となる貴族を見極《みきわ》めたかったのだが、令嬢達と交わることで個人の人柄が一層浮《う》き出《で》るかもしれないと前向きに受け止めた。

「クラウス様。無事即位なされましたこと、心よりお喜び申し上げます」

エリザベートは真《ま》っ直《す》ぐクラウスの前に進み出て、膝《ひざ》を折って晴れやかに挨拶《あいさつ》した。

後ろからついてきた令嬢達も緊張《きんちょう》しながら同じように膝を折って挨拶する。

サロンの中は一気に華やいだムードで溢《あふ》れる。

高位の令嬢達はクラウスが王子の一人であった頃《ころ》から多少の交流があり、睦《むつ》まじく話すほどではないが名前ぐらいは把握《はあく》している。

エリザベートのことは重臣スタンリー公の令嬢として覚えている。クラウスに好意的な重臣の一人だが、アランはあまり近付き過ぎないように気を付けろと忠告していた。

「ご令嬢達は昨日の舞踏会でもっと君と話したかったそうだよ、クラウス。君が王妃様の隣から動かないものだから、ゆっくり話せなかったと苦情が出ている」

アランが少しからかうように横から告げた。

「昨日は王妃のお披露目《ひろめ》舞踏会だから当然だろう」

クラウスは自分を見つめる令嬢達を前に、気まずそうに答えた。

昨日の舞踏会でのクラウスは、アランにとっても意外なものだった。

まさかこのクラウスがダンスを踊《おど》るとは思わなかった。

これまでアランがどれほどの美女を紹介《しょうかい》してみても、ダンスのお膳立《ぜんだ》てをしてみても頑《がん》として踊ることはなかった。やがて舞踏会自体にも参加しなくなってしまった。

自分がお節介《せっかい》を焼き過ぎたせいで女嫌《おんなぎら》いにしてしまったかと心配していたのだ。

それがあのシルヴィア以来の堅物《かたぶつ》といわれる職業王妃とダンスを……。

だが二人のダンスは悪くなかった。いや、むしろ素晴《すば》らしかった。

ただの黒ドレスに、ひっつめただけの黒髪《くろかみ》の少女のはずなのに、姿勢の良さなのか凛《りん》とした顔立ちのせいなのか、美貌のクラウスと踊る姿がやけに似合って見えた。

そして職業王妃など問題外と下に見ていた令嬢達は、急に焦《あせ》りだした。

職業王妃などに負けてはいられぬと、隙《すき》を見つけて王に近付こうとしたものの、ついに話しかけるチャンスすら持てなかったのだ。

そうしてエリザベート達は、このサロンの招待を無理やり取り付けたのだった。


「誤解？」

エリザベートはアイラインで大きく描《えが》いた目でクラウスを見上げながら言った。

「ええ。陛下は女嫌いだという噂《うわさ》を聞いておりましたの。ですから、お近くでお話しするのも遠慮《えんりょ》していましたのよ。ねえ、皆様？」

エリザベートが後ろの令嬢達に同意を求めると、みんなが一斉《いっせい》に肯《うなず》いた。

「お側《そば》に行ってご気分を害されてはいけないと遠慮しておりましたわ」

「それなのに王妃様は堂々と陛下と腕《うで》を組んでダンスまで……」

「昨日は本当に驚《おどろ》きましたわ。新しい王妃様は遠慮がないというか……」

「大胆《だいたん》な方でございますわね。我らはあのようなまねはとてもできませんけど……」

王妃にダンスを誘《さそ》わせたのはこの令嬢達ではないかとクラウスは思った。

口々に慎《つつ》ましやかな自分達とは違《ちが》うと、それとなく王妃を非難している。

「腕を組むのは私が言いだしたのだ。ダンスはそなたらに乞《こ》われたからだろう?」

控《ひか》えめに王妃を庇《かば》ったつもりだったが、話は別の方向に向かってしまう。

「まあ! 陛下は本当にお優《やさ》しい方ですのね」

「意に染まない方と思っていても、そうやってお庇いになるのですわ」

「私達は誤解していました。陛下は女性には冷たい方なのではと」

「ですが昨日の王妃様への対応を見て、陛下はどんな嫌《いや》な女性に対しても礼を尽《つ》くして接して下さるお優しい方なのだと知りました」

「私達は陛下を何も分かっていなかったのだと反省しましたの」

クラウスは次々に勝手な方向に話を進める令嬢達に口を挟《はさ》むこともできなかった。

「職業王妃様ですら、あれほど大胆な行動をなさるのですから、私達ももっと積極的に行動せねばとみんなで話し合いましたの」

「本当はこのように陛下と話すことも緊張で心震《ふる》える思いでいますのよ」

とても緊張で心震えている者の言葉とも思えなかったが令嬢達は続ける。

「ですが行動せねば何も始まりませんものね」

「昨日の王妃様の恐《おそ》れを知らぬ大胆な行動を見て、覚悟《かくご》を決めましたの」

「これからはどんどん陛下のお側に行かせて頂きますわ」

クラウスは令嬢達の勢いに呑《の》まれるように言葉をなくしていた。

いろいろ訂正《ていせい》したい部分はあるが、訂正箇所《かしょ》が多過ぎて、いやほとんど訂正だらけで、何をどう言っていいのか分からなくなっていた。

そんなクラウスを見て、アランが可笑《おか》しそうに笑っている。

「はは、良かったな、クラウス。ご令嬢方が積極的に近付いて下さるそうだ。羨《うらや》ましい」

アランが言うと、周りの男性貴族達も続いた。

「そうだぞ、羨ましい。さすが王様だな。よりどりみどりじゃないか」

「こんな美しいご令嬢方にここまで言ってもらえるなんてないぞ」

「俺たちは昔から、恋《こい》に奥手《おくて》なクラウスを心配してたんだぜ」

「ご令嬢方、クラウスは自分から行けないタイプみたいだから、どんどんアプローチしてやってくれ」

若い男性貴族達はすでに酒もまわって理性のたがが外れてきている。

「我らの王様は、すべてにおいて優秀《ゆうしゅう》だけど、世継ぎがいないことが一番の問題だ」

「このままじゃ職業王妃様と無垢《むく》な愛を貫《つらぬ》くことになってしまう」

「美貌の王様が、堅苦《かたくる》しい職業王妃様一人と添《そ》い遂《と》げるなんて悲劇だもんな」

「ははは。それはあんまりだ。あんな黒ドレスの陰気《いんき》な女は俺でもごめんだ」

どっと令嬢達が笑った。無礼講が度を越してきている。

しかしクラウスの機嫌《きげん》が最悪になっていることに誰《だれ》も気付いていない。

「どれほど聡明《そうめい》な女性なのか知らないが、なんか完璧《かんぺき》過ぎる女って怖《こわ》いよな」

「そうそう。いつも無表情で感情が見えないしさ」

「少しぐらいドジな方が愛嬌《あいきょう》があるよな」

「それでここにいるご令嬢方のように華やかで美しければ最高だよ」

令嬢達はもっともな事を言われて満足げに微笑《ほほえ》んでいる。

「もうシルヴィア様が王妃だった頃とは時代が違うんだ」

「あの陰気な王妃がギリスア国にまだ必要なのか。議論の余地はあるよな」

「職業王妃廃止《はいし》の法案を出すなら賛成するぜ、クラウス」

「今回の若い職業王妃ならすごすごと田舎《いなか》に泣き帰るんじゃないか？」

「はは。あの無表情の王妃が泣くところはちょっと見てみたいけどな」

「‼」

すでにクラウスの怒《いか》りは頂点に達していた。

せっかくのパーティーで事を荒立《あらだ》てまいと我慢《がまん》していたクラウスだったが、思わずカッとして手が出た。言った男の胸倉《むなぐら》を摑《つか》んだつもりだったが……。

「？」

その腕をひょいとアランに摑まれて、気付けばくるりと向きを変えられていた。

「そうだ、忘れてたよ、クラウス。いいワインが手に入ったんだ。君に飲ませようと思ってさ。みんな、悪いけどちょっとクラウスを借りるよ」

アランは言いながら、クラウスの肩に腕をまわしてぐいぐいとサロンの外に連れて行く。

「アラン様、あまり陛下に強いお酒を飲ませないでくださいましよ」

エリザベートは世話女房《にょうぼう》のように言って、何も気付かずおだてる男性貴族達と楽しげに歓談《かんだん》しながら見送った。


「放せ、アラン!! あいつを殴《なぐ》ってくる!!」

「落ち着けって、クラウス。あいつらは、意に染まない結婚を強《し》いられたお前を気の毒に思って王妃を非難するようなことを言ってるんだよ。悪気はないんだ」

「意に染まないなんて誰が言ったんだ!」

「違うのか?」

アランは聞き返した。他のみんなのように職業王妃を否定するつもりはないが、この結婚をクラウスは不満に感じているのだとアランも思っていた。

「別に……彼女を不満に思っているわけではない。むしろ彼女のことは……」

言いかけたクラウスは、言葉を呑み込んだ。

実はクラウスは結婚が決まる前からマルティナのことを知っていた。知っているといっても偶然《ぐうぜん》見かけただけで、マルティナの方は気付いてなかっただろうが……。

二年前のあの日。クラウスが世継ぎの王子と決まった日だ。

以前から十中八九確定だと言われてはいたが、できれば世継ぎになどなりたくなかった。世継ぎと決まった瞬間《しゅんかん》から、気楽な一王子生活は終わりを告げ、大勢の臣下に守られて帝王学《ていおう》を叩《たた》きこまれ、自由な時間を奪《うば》われる。

「俺は気楽な一公爵となって、このままアラン達と付き合っていきたかったんだ」

明日からは少年っぽい言葉遣いも改め、友人たちとも一線を引かなければならない。

「しかも職業王妃だって？　なんだよ、それ」

この国の王は、職業王妃などという気難しい王妃を勝手に決められてしまう。優秀で公正な女性だかなんだか知らないが、結婚相手ぐらい自分で選びたい。側室となる妃を好きなだけ選べばいいという者もいるが、クラウスは複数の女性に愛情を分けられるほど器用な人間ではない。それは自分が一番よく知っている。

「ああ、最悪だ。なんだって世継ぎの王子になんてなったんだ。もっとできないふりをして絶対選ばれないようにすればよかった」

だが負《ま》けず嫌《ぎら》いなところのあるクラウスは、気付けば全力を出してしまう。

王になりたい王子はいくらでもいたのに、一番なりたがっていないクラウスが選ばれてしまった。因果な結末だった。

いらいらと夜半に部屋を抜《ぬ》け出《だ》し、闇雲《やみくも》に王宮の中を歩き回って頭を冷やしていた。

そうして王宮の北にある小さな森を抜けて辿《たど》り着《つ》いたのは、この自分の王妃を目指して幼い頃から学んでいる女性達のいる場所『職業王妃養成院』だった。

（なぜこんな所に来てしまったんだ）

見えない糸に搦《から》めとられるような気がしてぞっとしたのを覚えている。

若いクラウスの耳に入ってくる職業王妃の噂は、あまりいいものではなかった。

みんなが揃《そろ》ってグレーのドレスを着込み、幼い頃から王を支えるための教育を叩きこまれ、恋愛《れんあい》は邪悪《じゃあく》なものと教え込まれた鉄壁《てっぺき》の集団。

慈善《じぜん》活動に向かう時は、みな笑顔《えがお》一つなく無表情に列を整えて歩く気味の悪い女性達で、男性が話しかけようものなら悪魔《あくま》に出会ったように悲鳴を上げて逃《に》げていくと聞く。

「なんだってそんな不気味な少女達の中から王妃を選ぶんだよ」

つい愚痴《ぐち》がこぼれてしまう。

クラウスの義母となる職業王妃は、父王よりも年上で非常に聡明な人だということは認めるが、近寄りがたい圧を感じる。父王はそれが心地《ここち》よいのか、王妃を信頼《しんらい》していて何事も相談している姿をよく見かけた。完全に尻《しり》に敷《し》かれている。

だがクラウスは、王妃の尻に敷かれている自分というのが想像できなかった。

「冗談《じょうだん》じゃない。俺はそういう情けない男になりたくないんだ」

自分にはこの制度は合わないのではないかとずっと思っていたのだ。

そんな気難しい女性と夜伽《よとぎ》なしとはいえ、添い遂げねばならないのかとうんざりしていた。

さっさと、この気味の悪い場所から立ち去ろうと踵《きびす》を返《かえ》して森の奥深《おくふか》くに進んだクラウスは、ふと話し声が聞こえたような気がして足を止めた。

声が聞こえる方角は、養成院の裏手の誰も通らないような深い森の中だった。

夜の木々に埋《う》もれた森の中に、ちらちらと光る色とりどりの光の玉が見えた。

なんだろうとそっと近付いたクラウスは、息を呑んだ。

木々の枝に青や赤や緑の光る玉のようなものが二、三個ずつかたまって並んでいる。

それらは宝石のような輝《かがや》きを放ち、枝を移りながら動いていた。

「まさか……」

古い歴史書で読んだことがある。

「ジュエルチンチラ?」

それはギリスア国の伝説の神獣《しんじゅう》で、遠い昔に絶滅《ぜつめつ》したと言われていた。

心の美しい乙女《おとめ》の前にだけ現れると言われ、初代シルヴィア王妃の前には現れたという話だ。それも国民がシルヴィアを神格化した理由の一つだった。

「まさかこれが……？」

驚くクラウスは木々の根本に視線を移して、さらに唖然《あぜん》とした。

そこには数十の色鮮《あざ》やかな光の玉が広がり、その真ん中に一人の少女が座っていた。

長く艶《つや》やかな黒髪をおろして、夜着の質素な白いシュミーズドレスのようなものを着ていた。大きな漆黒《しっこく》の瞳《ひとみ》には、光の玉が映り込みキラキラと輝いている。

（ジュエルチンチラの妖精《ようせい》か？）

この世のものと思えぬ美しさに見惚《みと》れた。

「ふふ。慌《あわ》てないで。順番に並んでね。みんなの分はちゃんとあるから」

優しげな声で微笑み、少女はジュエルチンチラたちに何かを一つずつ渡《わた》している。

チンチラ達は小さな両手で大事そうに受け取ると、すぐに前歯でかじかじと食べている。

（ゼリービーンズ？）

どうやら少女が手渡《てわた》しているのが、色とりどりのゼリービーンズだと分かった。

青いチンチラは赤いゼリービーンズを食べると、ゆっくりと赤色に変わっていく。

食べた物の色に体の色が変化するらしい。

一匹《ぴき》のチンチラが「キキッ」と鳴いて少女の手の平に乗って何か訴《うった》えている。

「だめよ。一人一個だけよ。ごめんね。また今度たくさん持ってくるからね」

少女が指先で毛並みを撫《な》ぜると、チンチラは嬉《うれ》しそうに指に頬《ほお》を擦《こす》り枝に飛び去った。

（ジュエルチンチラの言葉が分かるのか？）

少女は確かにチンチラ達と会話をしていた。

「あなたは初めて見る顔ね？　噂を聞いてやってきたの？　はじめまして」

「私？　私はマルティナ・ベネット。ここの養成院で暮らしているのよ」

「ゼリービーンズは週に一回だけ養成院のおやつに出るの。だから次は来週まで待っていてね」

彼女の独り言のような会話で、多くのことを知った。

「今日ね、世継ぎの王子様が決まったの。クラウス様というそうよ」

自分の話が出た時には驚いた。

「実はね、王妃様から次の職業王妃を目指してみないかと言われたの。もしかしたら、私はクラウス様の王妃になるのかもしれないわ。クラウス様というのはどういう方かしら。とても不安だけれど、王妃になれば実家の家族も喜ぶと思うの。だから出来る限りの努力をしようと思っているのよ。ふふ。こんな話、あなた達には退屈《たいくつ》ね」

クラウスは衝撃《しょうげき》を受けた。

（では彼女が俺の職業王妃なのか……）

それは想像していた職業王妃とまるで違っていた。

（どこが無表情で気味の悪い女性だ。あんなに表情豊かで愛らしい女性なのに）

周りから聞かされていた人間像と全然違う。

そしてクラウスは、さっきまでの憂鬱《ゆううつ》さが霧散《むさん》していることに気付いた。

（彼女が不安にならないような立派な王に……なってみようか……）

まったく単純な話だが、やる気の源などというのはそんなものかもしれない。

クラウスはその瞬間から、歴代一の名君を目指して頑張《がんば》ろうと思ったのだった。

そうして迎えた結婚式だったが、あの夜に見たマルティナとは違っていた。

艶やかに美しい黒髪をひっつめて、無表情で堅苦しい。

ジュエルチンチラ達に見せていた柔《やわ》らかな笑顔はどこにもなかった。

本当のマルティナを知っているだけに、不自然に職業の枷《かせ》をはめられたマルティナに納《なっ》得《とく》できなかった。不満があるといえば、その部分に対してだ。

クラウスは職業王妃という肩書《かたがき》を背負ったマルティナではなく、一人の女性としてのマルティナと触《ふ》れ合《あ》いたかった。その重苦しい殻《から》を壊《こわ》せないものかと少しばかり過激な行動をしてみるのだが、彼女の殻は微動《びどう》だにしない。それが残念だった。

「私は職業王妃を廃《はい》したいわけではない。ただ……」

「ただ？」

アランは首を傾《かし》げた。廃止したくないのであれば、何も問題はない。

だが結婚式のクラウスは明らかに不機嫌《ふきげん》だった。だからアランも職業王妃が気に入らなかったのかと思っていた。余程の変人か高飛車な雰囲気《ふんいき》の女性なのかと思っていたのだ。

だが舞踏会で見た職業王妃は嫌な感じではなかった。

クラウスも、この男にしては珍《めずら》しく親切にしていた。そしてはっと気づいた。

「もしかして、クラウス、君は……」

「な、なんだよ……」

むっとして逸《そ》らした顔が少し赤らんでいる。

「ああ……そうか……。そういうことか……」

アランはやっと分かったという風に天を仰《あお》いだ。

「はは……そうか、そうか！　俺は正直、心配していたんだ。君はその……もしかして男の方が好きなのかと」

「は？」

とんでもない濡《ぬ》れ衣《ぎぬ》にクラウスは呆《あき》れた。

「いやいや、今だから言うが学友の間では、君が俺を好きなんじゃないかという話になっていた。だから妃も娶《めと》らず女性に興味を持たないのだと」

「ばっ！　そんな訳ないだろう！　あいつら……」

学友というより悪友たちだ。ろくでもない噂話《うわさばなし》しかしない。

「俺もまさかと思いながらも、これほどのいい男だからあり得るかもしれないと責任を感じていたんだ。万が一、君に言い寄られたら全力で受け止めろと皆《みな》に言われ、それも仕方なしと覚悟を決めていたぐらいだ」

「……」

クラウスは想像して気分が悪くなったのか、額をおさえた。

「いやあ、そうか。良かったよ。俺は君の気持ちに応えることはできても、子を産むことはできないからな。どうしたものかと悩《なや》んでいたんだ」

「悩むな！　気持ちにも応えなくていい」

クラウスはいよいよ吐き気《はけ》をもよおしたのか口をおさえた。

「はは。しかし……、そうか。良かったって訳でもないのか」

アランは現実に戻《もど》って考え込んだ。

「職業王妃は確か恋愛禁止だったな。妃たちの骨肉の争いを避《さ》けるために作られたのが、夜伽をせず子を産まない職業王妃だったはずだ。これは中々難しいぞ」

「ああ……分かっている」

クラウスは深刻な表情に戻り肯いた。

クラウスの想《おも》い人は、このギリスア国で唯一《ゆいいつ》想ってはいけない相手なのだ。

思い悩む様子のクラウスの背をアランがばんっと叩いた。

「そう悩むな！　なにか方法はあるはずだ。俺も協力するから」

「アラン……」

こういう時、楽天的なアランの存在は心強い。本当になんとかなりそうな気がしてくる。

「というか、なんとかしないとな。でないとやっぱり俺が応えるはめになるからな」

「だから応えなくていい！　想像するからやめてくれ！」

「ははは。つれないこと言うなよ。俺は半分その気になりかけていたのに」

「お前は！　そんな目で私を見ていたのか！」

「ははは」

ひとしきりクラウスをからかった後、アランは少し真面目な顔になった。

「とにかく職業王妃という制度について調べ直してみよう。きっとどこかに解決する糸口があるはずだ。貴族達の根回しは俺に任せてくれ」

心強い言葉をもらい、二人は再びサロンに戻って夜半まで飲み明かした。

「陛下、パーティーでお疲《つか》れのところ失礼致《いた》します」

翌朝早く、二日酔《ふつかよ》いのクラウスの執務《しつむ》室に、マルティナが訪ねてきた。

クラウスもマルティナと話したいと思っていたのでちょうど良かったと思った。

「どうしても早々に話しておきたいことがございましたので……」

ソファに座るクラウスの横に立ち、マルティナはいつものように右手の指をぴしりと揃えて黒髪を撫でつけている。

「実は昨日、陛下がパーティーでお留守の間に、北方の地ガザの国司が訪ねてきました」

「ガザの？　確か先日の大雨で川が氾濫《はんらん》して大きな被害《ひがい》が出ていたのだったな」

ちょうど結婚式の夜の出来事で、太上王に任せたままになっていた。

確か領主に一任して救援《きゅうえん》活動は順調に進んでいるという話だった。

「ガザの国司の話では、救援物資がまったく届いていないということです」

「まさか……。何かの間違《まちが》いではないのか？」

確か物資を受け取ったという国司のサインが入った報告書があったはずだ。

「本当にガザの国司なのか？」

「私はそう思っています」

最初はマルティナも確信を持っているわけではなかった。

♛

昨日の夕方のことだった——。

マルティナが職業王妃の公務を終え、自室に戻ろうとしていると、謁見室《えっけん》の前で騒《さわ》いでいる男がいた。

男はひどく薄汚《うすよご》れた衣装《いしょう》でやつれきっていて、「王様を出してくれ！」と叫《さけ》んでいる。あしらわれるように衛兵に追い出されそうになっている男の泥《どろ》まみれの靴《くつ》を見て、マルティナは気になった。揉めている衛兵の前に割って入り「王様はお留守なのです」と告げると、男はがっくりと肩を落としている。

「どのような用件でしょう？　私が代わりにお聞きしましょうか？」

マルティナが右手で髪を撫でつけ尋ねると、男は怪訝《けげん》な表情を浮かべた。

「代わりに？」

「私はクラウス様の職業王妃です。王の代行も職務の一つです」

生真面目《きまじめ》に答えるマルティナに、男は怪《あや》しむように眉間《みけん》を寄せる。

「職業王妃というのは、もっと年配の貫禄《かんろく》ある女性だと聞いていましたが……、新しい王妃様はあなたですか……」

思ったよりも若輩《じゃくはい》の小娘《こむすめ》だと、明らかにがっかりしていた。

「あなたにこんな話をしても無駄《むだ》だと思いますが……」

そう前置きして、男はガザの国司だと名乗り、その惨状《さんじょう》を訴えた。

「領主様に救援物資のお願いをしても一向に届かず、昨日ようやく届いた物資は形だけの僅《わず》かな量で、とてもじゃないが町全体に配給できるようなものではありません。このままでは民《たみ》は飢《う》え、怪我《けが》人は野垂れ死ぬしかありません」

マルティナは国司が切々と訴える内容の数々を、しばらく黙《だま》って聞いていた。

そして国司がすべて言い終えたあと、ようやく口を開き尋ねた。

「あなたがガザの国司だと証明できるものはありますか？」

「いえ、それが……泥水《どろみず》に流されて着るものさえない状態で……」

国司は国から派遣《はけん》される役人だが、長年辺境の役人をしている者は王宮に知り合いもなく、本人だと確認《かくにん》することが難しい。しかも。

「災害支援《しえん》は基本的に領主が行うことになっています。職業王妃といえども、王の許可なく支援物資を送ることはできません」

マルティナの型通りの返答に、国司は吐き捨てるように怒りをぶつける。

「その領主様が何もしてくれないから、こうやって王宮に来たんじゃないか！」

しかしすぐに我に返って、絶望の表情を浮かべながら謝った。

「あなたに怒《おこ》っても仕方がないですね。すみません。領主様に声が届かぬなら王様に直接お願いしようと思い、無礼を承知で来たのですが……お留守なのですね……。はは、私は……ガザは……やはり天に見放されたのでしょう。民の待つガザに……戻ります」

国司は疲れ切ったように言って、肩を落として出て行った。

そこにはガザの民を助けて欲しいという真摯《しんし》な願いが込《こ》められているように感じた。

嘘《うそ》をついているようには思えない。むしろそんな嘘をつく意味などない。


「泥道《どろみち》を歩き回ったような靴を履《は》いていました。被災《ひさい》地を回ったのでしょう。泥に埋もれているという本人の話と矛盾《むじゅん》がないように思いました」

「うむ。なるほど」

クラウスはマルティナの話を聞いて納得した。

「その国司が言うには領主からの救援物資は、途中《とちゅう》の役人にほとんど横領されており、被害にあった民に少しも行き届いていないとのことです」

「なんだと？」

「治水工事の方ものらりくらりと工事を進め、いつ完成するかも分からない状態だそうです。これでは次にまた同じような洪水《こうずい》が起これば、再び大きな被害が出ると。領主が派遣してきた監督官《かんとくかん》は威張《いば》り散らすだけでまったく使えないとも言っていました」

「ガザは確か……スタンリー公の領地だったか……」

スタンリー公は太上王の信頼も厚く、クラウスにも非常に好意的な人物だった。

これまで取りたてて問題視することはなかったが、アランは気を付けろと言っていた。

「君はどうすればいいと思う？　マルティナ」

「！」

クラウスに意見を求められてマルティナは驚いた。

王妃になってから、若いだの小娘だのと言われ、まともにマルティナの意見を聞こうとしてくれた貴族はいない。自分の意見に耳を傾けてくれる人がいることが嬉しかった。

マルティナは深呼吸を一つして、思ったままに答えた。

「職業王妃養成院の通常業務として、私は多くの被災地に出向いて参りました。私が現地に赴《おもむ》くことをお許しくださいませ」

「そなたが？」

「はい。国司の言うことがもし本当なら、民達は未来に希望が持てず絶望しております。

こんな時、救援物資と共に必ず助けると言ってくれる者がいればどれほど心強いことでしょう。それが国の王妃であれば尚更《なおさら》です。それこそがシルヴィア様が目指した道ではないかと思っております」

「ふむ。なるほど……」

クラウスは感心したように深く肯いた。そしてとんでもないことを言った。

「ならば、私も一緒《いっしょ》に行くことにしよう」

「えっ？　陛下が？」

マルティナは驚いた。

「王妃だけでなく王もいた方が安心するだろう」

「そ、それはもちろんですが……被災地は足場も悪く……陛下には……」

「なんだ？　足場が悪いと歩けないような軟弱《なんじゃく》な男に見えるか？」

「い、いえ。そのようなことは……。ですが今日もご予定が埋まっております」

即位を祝う重臣達の挨拶の謁見が、しばらくぎっしり詰《つ》まっている。

「ごますりに来る重臣と飢えて苦しんでいる民と、どちらを優先すべきか？」

問われてマルティナは戸惑《とまど》いながら答えた。

「そ、それはもちろん……民を……」

「ならば問題はない」

「で、では……。私が王宮に残り陛下の代行で重臣の謁見を致します」

だが、クラウスは少し考えてマルティナの申し出を却下《きゃっか》した。

「いや、そなたも同行するがいい。今日の予定はすべて延期する！」

「ですが……」

少しでもクラウスの負担を減らしたいと思うマルティナは、反論しようとした。

「君は非常に優秀だが、自分の立場というものが分かっていないようだ」

重臣達がクラウスのいない謁見で、どれほど悪辣《あくらつ》で残酷《ざんこく》な言葉を投げかけることか。

だから王妃お披露目の舞踏会でも、マルティナが心配で控えの間に潜《ひそ》んで見張っていた。

「王妃などと呼ばれても、初代シルヴィア様の時代とは違う。あの頃と同じような権力と発言力を、平和な世で腐敗《ふはい》した貴族達の中で持てると信じているのか？」

仕事熱心なのはいいが、こちらの心配する気持ちも少しは分かってほしい。

思わず立ち上がって一歩二歩と詰め寄っていた。

マルティナは驚いて一歩二歩と後ろに下がる。

「そ、それは……」

「シルヴィア様の時代のように重臣達が素直《すなお》に従うと思わぬことだ」

クラウスがさらに詰め寄り、マルティナは三歩四歩と後ろに下がる。

「わ、私はそんなこと少しも……きゃっ!!」

慌てて後ろに下がろうとして足がもつれた。そのまま尻もちをついたと思ったが……。

ふわりとクラウスの腕がマルティナの背中を支えていた。

目の前には、ほっとしたようなクラウスの顔があった。

「‼」

マルティナはどきりとして、慌ててクラウスの胸を押しのけ距離《きょり》をとった。

胸がどきどきと騒がしい。これ以上ここにいたら胸が飛び出すのではないかと思った。

「わ、分かりました。私も同行致します。で、では準備がございますので私は下がらせて頂きます。失礼致します‼」

マルティナは黒髪を撫でつけ、逃げるようにクラウスの部屋から出たのだった。


「な、何をなさっているのですか、マルティナ様……」

侍女《じじょ》の雑用を終え、部屋に戻ってきたメリーは思わず叫んだ。

マルティナが部屋の中を猛《もう》スピードで闊歩《かっぽ》している。

しかもなぜだか後ろ向きに、だ。

「見て分からない？　後ろ向きに走っているのよ」

「そ、それは見たら分かりますが、なぜそんなことを？」

マルティナは足を止め、額に浮かぶ汗《あせ》を拭《ふ》いて答えた。

「後ろ向きに走れるって危機に面した時には大事だと思うの」

「どんな危機でございますか？　危機なら前に向き直って走る方がいいと思いますが」

「それができない場合があるでしょう？　向き直る余裕《よゆう》もない場合が」

「さっぱり見当がつきませんが、それは猪《いのしし》のような獣《けもの》に急に突進《とっしん》されたらということでしょうか？」

「ええ、そうね。まさに猪ね。その通りよ。しかも普段《ふだん》は美しい駿馬《しゅんめ》のように品行方正なのに、何かをきっかけに突然荒《とつぜんあら》ぶる猪に豹変《ひょうへん》するの。そういう場合の話よ」

「どういう場合でございますかっ⁉」

メリーはまた変な方向にずれているマルティナにため息をついた。

「そんなことよりも、今日これから陛下に同行してガザに行くことになったわ。出かける準備をしてくれるかしら、メリー」

「王様とご一緒に？　では、王様と同じ馬車に乗って？　ついにマルティナ様を職業王妃と認めて下さったのですか？」

メリーはぱっと顔を輝かせた。

「認めたというか……むしろ怒らせてしまったようだわ」

「怒らせた？」

「ええ。何が陛下のお気に障《さわ》ったのか分からないのだけど、私の意見を真摯に受け止めて下さっていたのが急に口調を荒らげ、私が自分の立場をわきまえていないとかなんとか」

「まあっ！　そのような厳しいお言葉を？」

これはいよいよ王妃解任なのではと、メリーは心配になった。

「ガザの視察は私が言いだしたことだから、そこまで言うなら自分でやれという意味での同行じゃないかしら」

「マルティナ様の王妃としての資質を試《ため》されるおつもりなのでは？」

「そうかもしれないわ。今度こそやり遂げて陛下に認めてもらわなければ」

「ええ！　私も全力でお手伝い致しますわ！」

「では被災地に必要なものを書き出して陛下に持ち出す許可を得ましょう！」

「はい！」

マルティナとメリーは養成院時代のことを思い出しながら、大急ぎで必要な物の手配をする。養成院から連れてきた優秀な侍女たちと手分けをして、昼前には準備を整えた。

五章 ◆ ガザに向かう三人

クラウスはつまらなそうに馬車の窓から外を眺《なが》めていた。

本当なら目の前に座るのはマルティナのはずだったのに。

エリザベートがやたらに派手な飾《かざ》り帽《ぼう》をかぶってにこやかに座っている。

簡単に脱《ぬ》ぎ着できないのか、馬車の中でもかぶったままだった。

「なぜそなたがここにいる？　私はこれからガザの視察に行くのだぞ？」

「もちろん分かっておりますわ。ガザの地は、我が父スタンリー公の領地でもあるのです。父は此度《こたび》の災害をひどく心配していまして同行したかったようなのですが、どうにも外せぬ用がございまして、私が代わりに行くようにと申し付かりました」

「だからといって、なぜ王妃《おうひ》が別の馬車で、そなたがここにいる？」

出掛《でか》ける直前に豪勢《ごうせい》な馬車と共に現れ、こちらに乗せられてしまった。

「こういってはなんでございますが、王妃様ときたら王の視察の馬車だというのにずいぶんみすぼらしいものを用意しておりました。あのように古い馬車では、乗り心地《ごこち》も悪く、途中《とちゅう》で動かなくなったり傾《かたむ》いたりしては大事な御身《おんみ》に危険が及《およ》ぶかもしれませんわ。ですので急ぎ、父が我が家の馬車を手配してくれましたの」

「災害の視察なのだから、あまり華美《かび》な馬車でない方がよいと判断したのだろう」

飢《う》えに苦しむ民《たみ》のもとに豪勢な馬車で現れるのは良くないと思われた。

「ですがあのように質素な馬車に王がお乗りとあっては、我が国の財政が厳しいのではないかと不安にさせてしまいますでしょう？　王の威厳《いげん》は民にしっかり見せるべきだと父が申しておりましたわ」

スタンリー公の言うことも一理あるのだろうが、クラウスはマルティナの考えに近い。

「それに王妃様もこちらの馬車に乗ってはと、お声はかけましたのよ。ですが、やはり変わり者だという噂《うわさ》は本当でございますわね。私の気遣《きづか》いに感謝することもなく、救援《きゅうえん》物資を馬車いっぱいに詰《つ》め込むので、崩《くず》れないように支えて行くとかなんとか。右手で髪《かみ》を撫《な》でつけながら生真面目《きまじめ》な顔でおっしゃっていましたわ」

エリザベートは小バカにしたように、くすりと含《ふく》み笑《わら》いを漏《も》らした。

「あれは何ですの？　クセなのかしら？　本当に変わった方ですわね」

クラウスはむきになって否定するのも面倒《めんどう》で、むっつりと窓の外を見つめた。

「それにしても昨日のパーティーは楽しかったですわ。皆様《みなさま》、華《はな》やかなドレスの女性のほうが陛下の隣《となり》に相応《ふさわ》しいと口々におっしゃっていましたわ。やはり地味な黒いドレスの職業王妃様では、お美しいクラウス様まで地味に見えてしまいますからね」

「ああ……確かに。黒ドレスだけと決める必要はないな」

たまには違《ちが》う装《よそお》いのマルティナも見てみたい。森の中で見かけたマルティナは白いシュミーズドレスがよく似合っていた。白もピンクも似合うだろう。それにあの艶《つや》やかな美しい黒髪《くろかみ》も、後ろにひっつめる必要なんてない。髪をおろしたところも見てみたい。

だがエリザベートはそのクラウスの言葉を、黒ドレスの職業王妃以外の女性が隣に並んで欲《ほ》しいと受け取ったようだ。

「ああ、やはりクラウス様もそのように思ってらっしゃったのですね。嬉《うれ》しいですわ」

「？」

クラウスは着飾《きかざ》るマルティナに思いを馳《は》せていたため、エリザベートが何に喜んでいるのか分からなかった。

「何事も制度改革というのは必要ですわ。古い慣習をいつまでも引きずっていては、時代に乗《の》り遅《おく》れてしまいます。私がそのように申しますと、ご出席の皆様もその通りだと深く賛同してくれました。私のような女性を待っていたとまで言ってくださる方もいましたのよ。これほどまで（王妃に）熱望されているのだと改めて気付きましたわ」

エリザベートは、昨日のパーティーで自分に浴びせられた称賛《しょうさん》の言葉の数々を反芻《はんすう》するように、一つ一つクラウスに話して聞かせた。

クラウスは、それらの一つ一つに気のない返事をしていた。

エリザベートがなぜそこまで職業王妃の黒ドレス廃止《はいし》に熱心なのか分からないが、自分もそれに異論はない。それよりもマルティナとこんな風に馬車の中で話がしたかったと、それが残念だった。

「ところでエリザベート嬢《じょう》。マルティナの話だと、ガザの救援活動はずいぶんいい加減なものらしいじゃないか。君の父君は何をやっていたのだ」

エリザベートは途端《とたん》に悲しげに眉《まゆ》を下げた。

「ええ、王妃様がそのようにおっしゃったと聞きました。ですがそんなはずはないと父は申しておりました。ガザの国司はきちんと命じた通りに救援活動も治水工事も順調に進んでいると言っていたそうですわ。きっと王妃様は陛下にご自分の有能さをアピールするために大げさにおっしゃっているのだと思いますわ。そのために我が父を貶《おとし》めるようなことをおっしゃるなんて……父は非常に立腹しておりました」

潤《うる》んだ目で訴《うった》えかけるエリザベートに、クラウスは首を傾《かし》げた。

「まあいい。現地に行ってみれば分かることだ」

やがて到着《とうちゃく》したガザの地はひどいものだった。

主流の川が氾濫《はんらん》して、田んぼも家も泥《どろ》に埋《う》まっている。

人々は着替《きが》える服もなく、泥まみれのままあちこちに座り込んでいた。

炊《た》き出《だ》しのテントの前には長蛇《ちょうだ》の列が出来ていて、いらいらした男たちが小競《こぜ》り合《あ》いをしている。怪我人のテントは外まで溢《あふ》れていて、まだ治療《ちりょう》を受けてない者が地面に転がっていた。

「な！　これのどこが順調に進んでいるのだ……」

クラウスは唖然《あぜん》として地獄《じごく》のような光景を見渡《みわた》した。

エリザベートは顔色を変えた。

「ま、まあ、なんということでしょう。私はこんな報告は聞いていないわ。誰《だれ》か！　王様が視察に来られました。すぐにここに国司を呼んできなさい！」

エリザベートが近くにいた役人に怒鳴《どな》りつけた。

そして王の来訪を知った国司をはじめとした役人たちが、転がるようにクラウスの前にやってきて挨拶《あいさつ》をした。

「こ、これは陛下。私はガザの国司を務めているホリスと申します。こんな足場の悪い場所にまでお越《こ》しくださるとは。前もって伝えて頂ければもっと高台の安全な場所に席をご用意致《いた》しましたものを」

ホリスは青ざめた様子で頭を下げた。

「それでは実情を知ることができないだろう。だから連絡《れんらく》せずに来たのだ」

それはマルティナの申し出だった。

マルティナからは他にもいくつかの申し出があった。

やがて遅れてマルティナの乗る質素だが大型の馬車が到着した。

「あ、あれは……」

その馬車の後ろには大量の物資を載《の》せた荷車が続く。

ホリスは驚《おどろ》いて、どこまでも連なる荷車を見つめていた。

そして先頭の馬車のドアが開き、中の荷物に押し出されるように出てきたのは、紛《まぎ》れもなく昨日窮状《きゅうじょう》を訴えた王妃と名乗る若い少女だった。正直にいうと、ホリスは最後まで本当に王妃なのかと怪《あや》しんでいた。適当な者に王妃と名乗ってあしらわれただけだと。

わざわざ王宮まで出向いて、何の成果も得られなかったと今の今まで悔《く》やんでいたのだ。

後続の馬車からは、グレーのドレスの集団がずらずらと出てきて、マルティナの前に並び頭を下げる。職業王妃養成院の院生達だ。救助活動に慣れた院生を連れてきた。

急なことで医師などの人材が確保できなかったため、マルティナ指揮下の彼女達に頼《たの》んだのだ。マルティナは院生の点呼をとると、クラウスの前に進み出た。

「陛下、院生達に荷下ろしと救護テントの設営を命じてもよろしいでしょうか？」

「ああ。そなたに任せる」

クラウスは肯《うなず》き、続いてホリスに告げた。

「食料と衣類、それに医療《いりょう》品を持ってきた。すぐに分配しよう」

ホリスは信じられないという顔で喜びを滲《にじ》ませた。

「あ、ありがとうございます！　すべての物資が足りず、途方《とほう》に暮れておりました」

「そういうことなら、なぜもっと早く言わなかったのだ。報告書には充分《じゅうぶん》な物資の受け取りサインがあったが……」

「そ、それは……」

ホリスはちらりと隣の監督官《かんとくかん》を見た。サインは無理やりさせられたのだ。

本来なら国から派遣《はけん》された国司の方が偉《えら》いのだが、ここではスタンリー公直属の監督官の方が理不尽《りふじん》な権力を持っている。

領主から届くはずの物資のほとんどは、途中でスタンリー公の息がかかった役人達の検《けん》閲《えつ》を受けてそのたび目減りしていた。ガザに届いた時には十分の一ほどになっていたのだ。

スタンリー公には何度か現状を訴える書簡を送っている。しかし一向に動いてくれる気配がないため、しびれを切らし昨日王宮まで出向いて訴えたのだった。

だがエリザベートはそんなことはおくびにも出さず、つんと顎《あご》をあげた。

「本当になぜちゃんと報告しないのです！　おかげで我が父に落ち度があったように思われているのですよ！　あなたがいい加減な仕事をするせいで、父が恥《はじ》をかいたのです！」

「で、ですがスタンリー公が……」

ホリスは驚いて反論しようとした。

だがそれより早くエリザベートが怒鳴りつける。

「言い訳は結構よ！　まずはあなた達も物資を運びなさい！」

「は、はい。申し訳ございません」

ホリスは不満な表情を浮《う》かべつつも、仕方なくエリザベートに頭を下げた。


「みんな喜ぶがいい。なんと王様自ら救援物資を持ってきてくださった！」

ホリスが民に告げると、うつろになっていた者たちの顔に希望が浮かんだ。

「お、王様が？　わざわざこんなところにまで？」

「あの金髪《きんぱつ》の美しい方が王様のようだぜ」

「うへえ、王様なんて初めてみたぜ」

「まあ、なんて麗《うるわ》しい。王様は私達を見捨ててなかったんだね」

みんな急に活気づいた。

さらにクラウスがみんなの前に進み出る。

「みんな、救援物資が遅れてすまなかった。食料は充分にあるから安心するがいい。辛《つら》いだろうが、元通りの生活ができるよう、私も全力を尽《つ》くす。みんなももう少しだけ頑張《がんば》って耐《た》えてくれ」

クラウスが遠くまで響《ひび》く声で告げると、「おーーっ‼」という歓声《かんせい》があがった。

感激して涙《なみだ》ぐんでいる者までいる。

さっきまで希望を失って沈《しず》んでいたはずが、クラウスの一言で別世界のように希望に満《み》ち溢れている。その変わりようにクラウス自身が一番驚いた。

(権力ある者が災害地を視察するとはこういうことか、マルティナ……)

クラウスはその光景を見ながら、王の自分がすべきことを一つ理解したような気がした。

グレーのドレスの軍団がてきぱきとテントを設営し、怪我《けが》人を運び込んでいる。炊き出しを手伝う者、水とパンを配り歩く者。全員が効率よく自分のすべきことをしている。

マルティナの指示が的確で迷いがないからだ。

職業王妃養成院の院生は、民に寄《よ》り添《そ》い慈善《じぜん》活動を日常の業務にしている。

そんなマルティナだから、民が何を求め、何を喜ぶのかをよく知っていたのだろう。

「マルティナ、教えてくれ。私はここで何をすればいい？」

クラウスは自分の後ろに控《ひか》えめに立つマルティナに小声で尋《たず》ねた。

マルティナはクラウスに頼《たよ》りにされているようで嬉しかった。

「お時間のある限り一人一人にお声をかけてまわってください、陛下」

さらにマルティナは思いついたように、荷車に残っている衣類の束を持ってきた。

「そして、この新しい衣類を必要な方に配ってください。きっとみんな喜びます」

「ならばマルティナ、君も一緒《いっしょ》にまわろう。すべて君が申し出たことだ。君こそが前面に出て感謝される人間だ」

しかしマルティナは首を振《ふ》った。

「いいえ。感謝されるべきは王様です。私はその間に被災状況《ひさいじょうきょう》を見て回ります」

日が暮れるまでにマルティナがすべきことはたくさんあった。

「私がお供致しますわ、陛下」

代わりにエリザベートがぴったりとくっついてきた。

仕方なく護衛を引き連れ、クラウスはエリザベートと共に声をかけてまわることにした。

民達は美しい装いのエリザベートに感激した。

「ひゃー、綺麗《きれい》な方だねえ」

「さすが王宮のお姫様《ひめさま》はお美しいねえ」

エリザベートは派手な帽子《ぼうし》をかぶったまま、にこやかに笑顔《えがお》をふりまく。

「ありがとう。あら、服が破れていますわね。どうぞこの服をお使いなさい」

そう言って、エリザベートはクラウスの持っていた束から衣装《いしょう》を一つとって差し出した。

「ひえええ、いいんですかい？　こんな新しい服をくださるんですか？」

「なんとお優《やさ》しい方でしょう。お姿だけでなく、心までお美しい」

民達はエリザベートに感激してぺこぺこと頭を下げている。

「あら、これぐらい当然ですわ。我が父スタンリー公は、被災した領民のことをとても心配しています。娘《むすめ》として、いずれは王様をお支えする者として、領民一人一人を大切にしたいのです」

「おお！　ではあなた様はお妃様《きさきさま》になられるお方でございますか」

「こんなお美しく優しい方がお妃様なら、激務の王様も癒《いや》されることでしょう」

民達はエリザベートに感激してひれ伏《ふ》している。

みんなが見たこともないほど華やかで美しいエリザベートに夢中だった。

だがクラウスだけは納得《なっとく》できなかった。

(すべてマルティナがやったことだ。本当に感謝されるべきはマルティナのはずなのに)

エリザベートのことを好きだと思ったことはないが、特に嫌《きら》いとも思っていなかった。

だが、今は……無性《むしょう》に腹立たしい。

一方のマルティナは被災した民の家をホリスと共に見て回っていた。

家屋が浸水《しんすい》した家々では、水が引いた後の泥の掻《か》き出しで疲弊《ひへい》していた。

被災した家屋の数と程度を調べて、必要な材木や大工を新たに送り込むためだ。

だがここでマルティナは民達から意外な対応を受けることになった。

「黒ドレスということは、あんたが新しい職業王妃か！」

「不吉《ふきつ》な黒いドレスだ。あんたが王妃になった日に我らは被災したんだ」

「天がお認めにならない者が王妃となったために我らが被害《ひがい》を受けたんだ」

誰もが仇《かたき》を見るような目でマルティナを見て、悪態をついた。

マルティナは思いがけない憎《にく》しみを向けられ僅《わず》かに動揺《どうよう》した。

だが次の瞬間《しゅんかん》にはいつもの無表情に戻《もど》る。

理不尽な悪意を向けられた時こそ冷静であれというのがシルヴィアの教えだった。

王妃という権力を持つからこそ、悪意はどこからでもやってくる。そんな悪意の一つ一つに振り回されていては、王を補佐し国を安定に導くことなどできない。

自分にやましいことがないなら、王妃として堂々としていればいい。

「こ、これ！　王妃様に失礼だぞ。なんという言い草だ！　大雨が王妃様のせいだとでも言うのか！　そんなわけないだろう」

ホリスが間に入って注意する。だが民達はますます怒《いか》りを募《つの》らせた。

「はは。やはり国司様は王妃様を庇《かば》うんだな」

「監督官達から聞いている。救援物資が遅れたのは、ホリス様が新しい王妃様と結託《けったく》して横流ししたからだとか」

「なっ⁉」

ホリスは思いもかけない発言に唖然とした。

「な、なにをバカなことを！　私は昨日初めて王妃様とお会いして……」

「昨日会っていたことは認めるんだな。監督官達が、ホリス様は被災地を放り出して、昨日は王妃様と優雅《ゆうが》にお茶を飲んでいたと言ってたぜ」

泥まみれの民達が作業の手を止めて、マルティナとホリスの前に集まってきた。

「バ、バカな……。昨日はガザの惨状《さんじょう》を訴えに行ったのだ。しかも王様に直訴《じきそ》するつもりがお留守だったので、たまたま王妃様にお会いしただけなのに……」

「ふん！　王様がお留守の時を狙《ねら》って行ったんだろう？」

「どうも救援物資が届かないと思ったんだ。監督官達が口を揃《そろ》えてホリス様のせいだと愚《ぐ》痴《ち》っていた。俺達は騙《だま》されねえぞ」

その口を揃えた監督官達こそ、すべてスタンリー公の息がかかった者達だった。

マルティナ達が視察に行くことを知ったスタンリー公が、王の到着より一足早く自分達に都合のいいデマを流していたらしい。

「どんなに頭がいいのか知らねえが、俺達はあんたを王妃とは認めない」

「汚職《おしょく》に手を染める職業王妃なんぞ、シルヴィア様の名を穢《けが》すだけだ」

民達はこの数日の疲《つか》れと、こんな目に遭《あ》った不運へのいら立ちをマルティナに向けた。

「お前達は王妃様になんということを……」

ホリスはデマだらけのこじつけ話に拳《こぶし》を握《にぎ》りしめた。

感謝こそすれ、こんな暴言を投げかけていい相手では決してない。

すべてを知っているホリスは青ざめて、さぞかし理不尽な怒りに震《ふる》えているだろうと隣に立つマルティナを見た。しかし……。

マルティナは落《お》ち着《つ》き払《はら》った様子で髪を撫でつけると、静かに口を開いた。

「シルヴィア様の足元にも及ばないことは、私が一番よく知っています。今の私は、国と民を愛したシルヴィア様の名を穢さぬように、できる限りのことをするだけです」

そう言って腕《うで》まくりをすると、そばに立てかけてあった長い柄《え》のスコップを手に持ち、一番泥で埋まった家の中に入っていった。

女所帯で泥掻《どろか》きの進まない家では、突然《とつぜん》乱入して泥をすくい始めた王妃に慌《あわ》てた。

「お、王妃様……。あ、あの……ドレスが汚《よご》れます」

「王妃様ともあろうお方が、こんな泥仕事を……。ああ、綺麗なお靴《くつ》に泥が……」

恐縮《きょうしゅく》する女性達に、マルティナは生真面目な顔で答えた。

「大丈夫《だいじょうぶ》です。私は職業王妃養成院で数々の慈善活動に参加してきました。時には力仕事も必要でした。これでも体力には自信があります」

そう言って泥を掻き出す手も足もドレスも、どんどん泥にまみれていく。

さっきまでマルティナを非難していた民達は、驚いた顔でその様子を見ていた。

「あ、あの……王妃様。被災家屋の確認《かくにん》はよろしいのでしょうか……」

ホリスは戸惑《とまど》いながら尋ねた。

「ざっと見ただけですが、だいたい把握《はあく》しています。ちょうど今、王宮の兵舎の改修工事をしています。その大工と材木をまずはこちらに回すよう王様に頼んでみましょう」

これほどの暴言を吐《は》かれながら、一瞬《いっしゅん》にして状況を把握し、解決案まで考えていた。

頭脳明晰《めいせき》と言われる職業王妃の手腕《しゅわん》を目の当《あ》たりにした気分だった。

昨日は小娘《こむすめ》だと侮《あなど》っていた自分を心から恥《は》じ入《い》る。

しかも民達の理不尽な物言いに怒《おこ》ることもなく、冷静に謙虚《けんきょ》に受け止める誠実さ。

それこそが、まさに民が崇拝《すうはい》する初代シルヴィアの生き写しではないのか。

「わ、私もお手伝い致します、王妃様」

ホリスはいたく感動して、自分も腕まくりをして泥掻きを手伝い始めた。

「王妃様、お顔に泥がついてるよ。とってあげる」

家の子どもらしき女の子が、自分の薄汚《うすよご》れた手ぬぐいをマルティナの顔に近付けた。

「こ、これっ！　王妃様にそんな汚《きたな》いぼろ布を失礼でしょう！」

母親が恐縮しながら手ぬぐいを奪《うば》い取《と》ろうとした。だがマルティナは気にする様子もなく子どもに自分の顔を差し出した。

「とってくれるのですか？　助かります」

子どもは嬉しそうにぼろ布でマルティナの顔の泥をごしごしと拭《ふ》き取った。

「王妃様……」

母親が青ざめる中、マルティナは子どもの頭を撫でて「ありがとう」と微笑《ほほえ》んだ。

子どもは顔を紅潮させ、ホリスをはじめとした周囲の大人たちもほっと笑顔になった。

王妃などという立場の貴族女性は、もっと高飛車でつんけんしていると思っていた。

愛想《あいそ》がいいとはいえない無表情が誤解を与《あた》えがちだが、どうやら思っていたような女性とは全然違う。それを一番敏感《びんかん》に感じ取るのは子ども達だ。

「王妃様！　私も手伝います！」「僕もこんなに泥を出したよ、王妃様。見て見て」

得意げに自慢《じまん》する子どもにマルティナはぴしりと伸《の》ばした右手で髪を撫でつけて言った。

「私もこんなに出しましたよ。すごいでしょう！」

対抗心《たいこうしん》を燃やして胸を張るマルティナを見て、子ども達も負けじと泥を掻き出している。

「私の方がすごいよ、王妃様！」「こっちも見て、王妃様！」

気付けば子どもを中心に、笑顔の輪が出来ていた。

さっきまでマルティナを罵《ののし》っていた民達はそれを見て戸惑った。どうせ見せかけだけの人気取りだろうと囁《ささや》く者もいたが、それ以上マルティナを責める者はいなかった。


クラウスとエリザベートは、怪我人や家を失った者達に声をかけて回り、やがてマルティナのいる家屋の被害の大きい被災地に辿《たど》り着いた。

「陛下、もうこのぐらいで充分ではないでしょうか？　持ってきた衣類もすべて民に配ったことですし馬車に戻りましょうよ」

エリザベートは重い帽子とドレスで歩き回ったので疲れ切っていた。

「それにこの先はずいぶん泥だらけだこと。ドレスが汚れてしまいますわ」

さっきから高価なドレスに少し泥跳《どろは》ねしただけで大騒《おおさわ》ぎしている。

「君は馬車に戻っているがいい。私は家屋が浸水した者たちの声も聞いてくる」

自分勝手なことばかり言うエリザベートにクラウスは辟易《へきえき》していた。

「お、お待ちください。私も行きますわ。きゃっ！　泥がドレスに！　陛下、手を貸して下さいませ。転んでしまいそうですわ」

　クラウスはやれやれと思いながらも、仕方なく手を差し出した。

　そんな二人の前に信じられない光景が映った。

「マルティナ……？」

　それは子ども達と楽しげに泥を掻き集めている泥まみれのマルティナだった。

　黒ドレスの裾《すそ》は泥色に変色してたくし上げられ、手足どころか顔も泥だらけだった。

「ぷ……。なに、あの姿？　嫌《いや》だわ、みすぼらしい。王妃ともあろう方が……」

　エリザベートは侮蔑《ぶべつ》の表情を浮かべ、呆《あき》れたように嗤《わら》った。

「馬車に戻りましょう、陛下。私達まで同類だと思われてしまいますわ」

　クラウスの手を引いて戻ろうとしたエリザベートだったが、そこに子どもが一人駆《か》け寄ってきて「綺麗なお姫様も一緒にやろうよ」と空いている手を握ろうとした。

　貴族の女性はみんなマルティナのように優しいと思い込んだらしい。しかし。

「きゃっ！　なにをするの、この子は！」

　エリザベートが泥だらけのその手を振り払ったせいで、子どもは水たまりにひっくり返った。泥水がエリザベートのドレスに跳ね返り、子どもは全身泥まみれになって「わあああ！」と泣き出してしまった。

「泣きたいのはこっちの方よ！　どうしてくれるの、このドレス！　どれほど高価なものか分かっているの？　どう責任を取るつもりなのよ!!」

エリザベートに厳しく非難されて、さらに泣き声が大きくなる。

騒《さわ》ぎを聞いて民達が通りに出てきた。

「お、おい。あれは王様だぞ？　あの怒鳴り散らしている令嬢《れいじょう》は誰だ？」

「スタンリー領主様のご令嬢らしい」

やがて子どもの泣き声に気付いたマルティナが二人の前に進み出て、しっかりと繋《つな》がれた手を見つめ、無表情のままクラウスに顔を向けた。

「マルティナ……」

クラウスが気まずそうに離《はな》そうとした手を、エリザベートがぎゅっと握りしめる。

「王妃様ったら、私と陛下が被災した民達を元気づけて回っている間に、こんなところで泥だらけになって子どもと遊んでいらっしゃったの？　養成院の頃《ころ》のように慈善活動の延長で民の心を摑《つか》もうとでも思っていらっしゃるのかもしれないけど、それは王妃の仕事ではないでしょう？　国を代表する王妃ともあろうお方が、そのようにみすぼらしい姿で民の前に姿を晒《さら》すなんて、民の不安を誘《さそ》うだけですわ。ねえ、陛下？」

勝《か》ち誇《ほこ》った顔でクラウスに同意を求めるエリザベートだったが、クラウスが口を開く前に、マルティナはその場にしゃがみ込み、泥まみれの子どもを抱《だ》き起《お》こし、ゆっくり立たせた。マルティナのドレスはますます泥まみれになっている。

「大丈夫？　泥を飲んではいない？　怪我は？　災害の後の泥水には病気の原因になるも

のが含まれているかもしれないわ。すぐに洗い流して消毒しましょう」

マルティナは自分が汚れるのを少しも厭《いと》わず、子どもを抱き上げようとした。

クラウスはそんなマルティナを制し、自ら子どもを抱き上げた。

「陛下……？　衣装が……」

クラウスの豪華《ごうか》な衣装は、あっという間に泥だらけになっていた。

「構わぬ。私が運ぼう」

先頭に立って歩き出すクラウスを、マルティナばかりか民達も驚いたように見つめている。そして一番驚いているのはエリザベートだった。

「へ、陛下……」

みんながクラウスの後をついていく中、エリザベートだけが置き去りになっていた。

「陛下！　私は帰りますわよ！　こんな汚れたドレスで人前に出るわけにいきませんもの！　いいのですか？　私は帰りますわよ！」

必死に言い募るエリザベートだったが、クラウスは気付いていないのか行ってしまった。

「な、なによ……。陛下まで……。お父様に言いつけてやるんだから」

相手にされないまま、エリザベートはいらいらと一人馬車に戻っていった。

クラウスが子どもを救護用のテントに連れていくと、珍《めずら》しいものを見るように周りに民達の人垣《ひとがき》ができた。そしてマルティナが手際《てぎわ》よく子どもの汚れを洗い流し、グレーのドレスの院生達が手伝って手当てするのを見ていた。

「少し染《し》みるけれど我慢《がまん》してね」

手慣れた様子で傷口を消毒し包帯を巻くマルティナにクラウスは感心している。

「職業王妃養成院とはこのようなことも習うのか」

「はい。王様の大切な民を守るのが私達の使命です」

マルティナが答えると、周りで手伝う院生達もその通りだと肯く。

「私は何も知らなかった。いや、貴族達は君達の功績を何も知らない。それなのに……」

気味の悪い集団だとか、職業王妃など廃止すべきだとか、勝手なことばかり言っている。サロンだパーティーだと遊び暮らす貴族より、どれほど尊い存在なのかを考えもせずに。

「職業王妃とそれを支える多くの院生達のおかげで王は民の信頼《しんらい》を得ていたのだな」

クラウスの言葉にマルティナをはじめとした院生達がはっと顔を上げる。

今までそんな風に言ってくれる貴族はほとんどいなかった。民達から感謝されることはあっても、王や貴族が院生をねぎらうことなどなかった。いや、院生が何をしているのかなどに興味を示す貴族はいなかった。

「ありがとう。心より感謝する」

頭を下げるクラウスに院生達が顔を見合わせ、上気した頬《ほお》をほころばせた。

「陛下……」

マルティナは院生をねぎらってくれるクラウスの心遣《こころづか》いが嬉しかった。自分が褒《ほ》められるよりももっと嬉しい。王妃は王の声をいつでも聞くことができるが、院生達にその声が直接届くことは滅多《めった》にない。今のクラウスの言葉がどれほどの励《はげ》みになることか。

「さあ、出来たわ。これで大丈夫よ」

マルティナが手当てを終えると、子どもは嬉しそうに側で様子を見守っていた母親のもとに戻った。そして二人で深々と頭を下げている。

それでもまだ王妃の人気取りだと疑う者もいる中、一人の男が恐《おそ》る恐る進み出てきた。

「あ、あの……王妃様。実は俺は川に流されちまって。なんとか命は取り留めたものの、右肩《みぎかた》が動かなくなっちまって。こんなのも治せますか？」

泥水で汚れたままの服を着た男が右肩をだらりとさせたまま立っていた。

利《き》き腕が使えなくなって激痛に苦しみ、家も流され、すべてに絶望していた。

マルティナは立ち上がり、少し肩の様子を見て肯いた。

「肩を脱臼《だっきゅう》しているようですね。骨には異状がないようだから治りますよ」

「ほ、本当ですかっ!?」

「ええ。少し痛みますが我慢して下さいね」

言うとマルティナは男を台の上に寝《ね》かせ、院生に命じて補助の力を加えてもらいながら、ゆっくりと腕を回して慎重《しんちょう》に肩を動かした。

「いててて」と痛みに顔を歪《ゆが》める男を見ながら、周りに集まった民達は固唾《かたず》をのむ。

「だ、大丈夫なのか？」

「医師でもないのに、できるのか？」

ぼそぼそと不安の声が広がる。

やがてカクンと肩が動いて、関節が正しい位置におさまった。その途端苦痛に顔を歪めていた男が、今までの痛みが嘘《うそ》であったかのように目を見開いた。

「な、治った！　痛みがすっかりなくなった。う、動くぞ。俺の右腕《みぎうで》が動く！」

大喜びで肩を回す男を見て、民達が「おーっ！」と歓声を上げた。

「ああ、ダメですよ。しばらくは安静にして下さい。すぐに動かすとまた脱臼しますよ」

マルティナに注意されて男は慌てて腕を下ろし頭を掻いた。

「は、はい。王妃様。あなたは命の恩人です！　ありがとうございます！」

男は涙ぐみながら、何度も礼を言った。

「シルヴィア様の教えが役に立っただけです。感謝すべきはシルヴィア様です」

髪を撫でつけ答えるマルティナのもとに民達が列を作り始めた。

「王妃様。実は井戸が埋まっちまって……」

「うちの赤子が熱を出して下がらないんだが……」

マルティナは一人一人丁寧《ていねい》に話を聞き、知り得る限りの知識で対処した。

クラウスはそんなマルティナを少し離れたところで黙《だま》って見守っていた。


そうして気付けば日が暮れかかっていた。

「残念ながら、そろそろ王宮に戻らねばなりません。明日には医師も大工も大勢派遣されてきます。もう少しの辛抱《しんぼう》です。安心してください」

マルティナが立ち上がると、民達が残念そうに見送ろうとついてきた。

マルティナは院生に引き揚《あ》げる準備を命じ、辺りを見回してクラウスを捜《さが》した。

しかしどこにも見当たらない。

（民達の手当てに夢中になって陛下をお待たせしてしまったわ。陛下は馬車でエリザベート様と待ちくたびれていらっしゃるのかしら）

停留所の方へ行くと、エリザベートの豪華な馬車はいなくなっていた。

（お二人で……先に帰られたのだわ）

ショックだった。

（私に何も言わず帰られたのね）

それが悲しかった。だが自分の都合で王を待たせるなど、職業王妃としては失格だ。仕方のないことだと思った。

(仲良く手を繋いでいらっしゃったから、噂の通りお妃になられるのかしら?)

マルティナが憧《あこが》れるファンシーな色をちりばめたドレスを着こなし、いつ見ても美しい令嬢だった。

(あの方ならクラウス様の隣に並んでもお似合いだもものね)

さっきエリザベートに王妃失格のように言われたことを気にしていない訳ではなかった。

むしろ本当は深く傷ついていた。

(あの方の言う通り。私ではあの美しいクラウス様の隣に似つかわしくない)

エリザベートに言われるまでもなく自分でよく分かっていた。

しょんぼりと自分の質素な馬車に向かおうとしていたマルティナは、その時信じられないものを見た。

「これは重労働だな。身をもって知ったぞ。もっと人手が必要だな」

泥を掻き出しながら民家から出てきたのは……。

「陛下っ⁉」

豪華な上着を脱ぎ捨てて、泥まみれになっているクラウスだった。

「お、王様! 王様に泥掻きをして頂いたなんて、我が家は名所になっちまいます」

「新しい王様は、なんと慈悲深《じひぶか》いお方だ」

「我らは果報者だ。こんなことでへこたれていられないな」

民達が口々に感謝を告げ、希望を持ち始めている。

「へ、陛下！　まだ帰っておられなかったのですか？」

マルティナに気付いたクラウスは晴れやかに微笑んだ。

「大事な王妃を置いて帰るわけがないだろう？　君を見倣《みなら》って私も慈善活動とやらをやってみた。やってみて初めて民の気持ちが分かった気がする」

「陛下……」

マルティナは熱いものが心の奥から込《こ》み上げてくるのを感じた。

「君は大事なことを私に教えてくれた」

クラウスはそう言って、今度はマルティナが引き連れてきた民達に尋ねた。

「皆《みな》の者。私の王妃は素晴《すば》らしい女性だろう？」

クラウスが言うと、民達が一斉《いっせい》に「おーっ！」と祝福の声を上げた。

その熱気と人の温かさに、マルティナはじんわりと涙が溢れそうになった。

ずっとずっと、職業王妃とは孤独《こどく》な職業なのだと教わってきた。

どんな課題も難問も、すべて一人で解決し、決して他人に頼ってはいけないと。

まして、王には頼られることがあっても、決して頼ってはいけないと。

それがギリスア国の王妃という職業なのだと。

けれど今、そんな張りつめた緊張《きんちょう》がクラウスの一言で和《やわ》らいだ気がする。

この人は味方になってくれる人なのだと、なにか大切なものが繋がった気がした。

「王様、王妃様、本日は本当にありがとうございました。おかげで民達は希望を持ち、心を合わせて苦難に立ち向かう気力が戻って参りました」

ホリスは馬車の前で深々と頭を下げた。後ろで見送る大勢の民達も一緒に頭を下げる。

クラウスは最後にホリスに指示を与えた。

「王妃と先ほど話し合って決めた。明日には王宮より医師と治水工事監督官を派遣するとしよう。彼らは王直轄《ちょっかつ》の非常に優秀《ゆうしゅう》な者達だ。彼らの命令は私の命令と思って従うように。困ったことがあれば彼らを通じて私に直訴するといい」

それを聞いた監督官達が慌てた。

「し、しかし、我々はスタンリー公爵《こうしゃく》様にすべての権限を与えられて……」

スタンリー公爵家の息がかかった役人達だった。

クラウスはぎろりと男達を見た。

「聞こえなかったか？　私の命令だと言った。なにか反論があるのか？」

工事監督の男達は青ざめて答えた。

「い、いえ、仰《おお》せの通りに……」

「ホリスには仕事をさぼる役人がいたら解雇《かいこ》する権限を与える。それから家や農地を失った者で働きたい者を雇《やと》う権限も与えることとした。賃金は王家から出す。きちんと給金を払ってあげるのだぞ、ホリス」

「は、はい。畏《かしこ》まりました、王様」

ホリスは頭を下げながらこの二日間の奇跡《きせき》を思い返していた。

昨日の朝までは、途方に暮れていた。

スタンリー公は、前から民に冷たい領主だと思っていたが、災害に遭って一層それがはっきりと露見《ろけん》した。スタンリー公が派遣してくる男達は、ろくに仕事もできないくせに威《い》張《ば》り散らしてホリスの言うことなど聞こうともしない。しかもみんな強欲《ごうよく》で怠《なま》け者《もの》で自分のことしか考えていない。

どうせ王に直訴したところで適当に受け流されて終わるだけだろうと思ってはいたが、それでも最後の望みをかけて昨日王宮に出向いた。

そこに現れたのは王ではなく、まだ少女のような新しい職業王妃だった。

この若い職業王妃に窮状を訴えたところでどうにもならないだろうと、半分諦《あきら》め気分で現状を話したのだが……。

まさかこれほど有能な女性だったとは思いもしなかった。

昨日この王妃に会えたことがどれほどの幸運だったたか分からない。

ただただ、目の前の女性に感謝だけが沸《わ》き起《お》こる。

「王妃様。あなた様に会えた幸運に感謝致します。ありがとうございます」

ホリスは最後に深く深く頭を下げて、マルティナに感謝を述べた。

六章◆王宮の森にて

ガザの救援《きゅうえん》活動のあと、養成院の院生の間でクラウスの評判はうなぎ上りになっていた。

「これまで女嫌《おんなぎら》いの冷たい王様だと噂《うわさ》していた一部の院生達も、神を崇《あが》めるように褒《ほ》めちぎっていますわ。ガザではそんなにご立派でしたの？　私も行きたかったですわ」

メリーがマルティナの髪《かみ》を梳《と》かしながら残念そうに言う。

マルティナの侍女《じじょ》達は王宮の仕事があり連れていけなかった。

「ええ、とても……。私だけでなく院生達もねぎらってくださったの」

王に仕えることも、民《たみ》を守ることも、マルティナに与《あた》えられた仕事だと思って尽《つ》くしてきたけれど、仕事以上の何かがあることをクラウスは教えてくれたような気がする。

そして、その何かこそが魂《たましい》の底から沸《わ》き上《あ》がる生き甲斐《いがい》のようなものなのだと。

クラウスはマルティナに多くのことを教わったと言ってくれたけれど、それよりもずっと大切なことをクラウスは教えてくれたような気がする。

「ねえ、メリー。私は職業王妃《おうひ》に選ばれたことが嬉《うれ》しいの」

「はあ。もちろん私も嬉しいですけど……」

今更改めて告げるマルティナにメリーは首を傾《かし》げた。

「クラウス様の……職業王妃になれて……良かった……」

心から実感した本心だった。

しみじみと言うマルティナは、今まで見た中で一番幸せそうな顔をしている。

「なんだか分かりませんが、私はマルティナ様が幸せなら嬉しいです」

メリーは微笑《ほほえ》む。

今までも職業王妃として、王のためなら何でもできる覚悟《かくご》ではいたが、今はクラウスのためならこの命ですら惜《お》しくはないとマルティナは思っていた。

そんな風に思える相手がいることの幸福を、マルティナは初めて知ったのだった。


「こんなところにいらっしゃいましたか、陛下。お部屋に姿が見えないと執事《しつじ》達が捜《さが》していました。お戻《もど》りくださいませ」

庭園のベンチで夜風にあたっていたクラウスのもとにマルティナが現れて告げた。

「即位《そくい》から四六時中人に会っているのだ。少し一人にさせてくれ」

「……」

即位から十日余りが過ぎ、結婚式《けっこんしき》に舞踏《ぶとう》会、お祝いの会に臣下の謁見《えっけん》。おまけにガザの視察と激務が続いていた。マルティナはしばし考えて肯《うなず》いた。

「では陛下の所在を告げ、護衛を少し離《はな》れた位置に忍《しの》ばせましょう」

そう言って立ち去ろうとしたマルティナの手首を、クラウスが摑《つか》んだ。

「⁉」

「そなたはここにいるがいい」

「で、でも……。お一人になりたいのでは……」

「君はいていい。いや、いて欲しい」

「え……」

マルティナはその懇願《こんがん》するような瞳《ひとみ》に、不本意ながらどきりとしてしまった。

「少し散歩しないか？　結婚したというのに、二人きりでゆっくり話す暇《ひま》もなかった」

「そ、それは……王妃の職務ではありませんので……」

「君は職務じゃなければ私のために何もしたくないのか？」

「そ、そんなことは……。陛下のためなら何でもするのが私の仕事でございます」

「では、私は君と二人で散歩がしたい。それを叶《かな》えるのが君の仕事だ」

「……」

マルティナは強引《ごういん》に言いくるめられ、散歩に付き合うことにした。

庭園の中はちょうど晩夏の花々が咲《さ》き乱《みだ》れ、外灯に照らされて幻想《げんそう》的な雰囲気《ふんいき》だ。

昼間とは違《ちが》う夜の噴水《ふんすい》と石像が美しい。こんな風に夜に散歩をするのは初めてのことだ。

しかも男性と並んで庭園を散歩など、男子禁制の養成院では考えられないことだった。

「夜の庭園も中々いいだろう？」

クラウスは珍《めずら》しそうに景色を眺《なが》めるマルティナに尋《たず》ねた。

「は、はい」

「先ほどガザのホリスから手紙が届いた。医師と大工も大勢派遣《はけん》されてきて復興が進んでいるようだ。民に活気が戻って見違えるようだと、王妃によろしく伝えて欲しいと書いてあった」

「そうですか……。良かった……」

自分のことのように安堵《あんど》の表情を浮《う》かべるマルティナに、クラウスは尋ねた。

「ところで君はなぜ職業王妃になろうと思ったんだ？」

以前から聞いてみたいと思っていた。

「そ、それは……。昔から勉強が好きで……。でも女の子は勉強よりも裁縫《さいほう》やダンスを練習なさいと言われました。少しでも器量を良くして立派な家に嫁《とつ》ぐのだと。私も兄のように勉強したいと言っても、聞き入れてもらえませんでした。でもある日、職業王妃養成院に入ったら好きなだけ勉強ができると知りました。私にはこの道しかないと思ったのです」

養成院に入ると宣言すると、両親は失望し、兄は呆《あき》れ、姉達は変わり者の妹だとバカにして笑っていた。けれどマルティナの気持ちは変わらなかった。

ほとんど勘当《かんどう》同然に養成院に入ったマルティナだったが、王妃になると聞いてからは実家の態度が逆転した。

今まで一度も面会に来なかった両親が、結婚前に初めて訪ねてきた。王妃の父ということで実家に祝いの品がたくさん届き、父も兄も今までより大きな役職につくことになったらしい。嫁いだ姉達は多少待遇《たいぐう》が良くなったぐらいだが、まだ嫁いでいない妹は、今までにない良縁《りょうえん》が期待できそうだと大喜びで報告してくれた。

「陛下の職業王妃となったことで少しだけ家族孝行ができました。ありがとうございます」

それはマルティナの正直な気持ちだった。

家族から呆れられて見捨てられたような自分が感謝される日がくるなんて思っていなかった。だから頑張《がんば》ろうと思った。最初はそれだけだった。だけど今は……。

「それで君は？」

「え？」

尋ねられて、マルティナはどきりとした。

「君自身は王妃になれて嬉しいと思っているのか？」

それはまさに今朝メリーにしみじみと伝えた内容だった。

すべて見透《みす》かされているような動揺《どうよう》を、慌《あわ》てて無表情に隠《かく》す。

「そ、それはもちろんです。どの仕事もやりがいがあり、満足しています」

「私が聞きたいのはそういうことではない」

「え？」

急に不機嫌《ふきげん》な顔になったクラウスが立ち止まる。

「ここは……」

気付くと懐《なつ》かしい場所に立っていた。庭園を抜《ぬ》けて、木々が鬱蒼《うっそう》としげる深い森の中。聳《そび》え立《た》つ木々の隙間《すきま》から、職業王妃養成院の灰色の屋根が僅《わず》かに見えている。

ジュエルチンチラの巣穴がある場所だ。

「私はもっとありのままの君を知りたいのだ」

「ありのままの私？　今もありのままの私だと思いますが……」

マルティナは首を傾げた。

「私は昔この場所で君を見たことがあるのだ、マルティナ」

「！」

はっとマルティナはクラウスが何を言おうとしているのか気付いた。

「では……まさか……」

クラウスは肯いた。

「見た。伝説の神獣《しんじゅう》と言われているジュエルチンチラと君を……」

「……」

この遊歩道もない誰《だれ》も来ないような森の中で誰かに見られるとは思わなかった。

「誰かにお話しに？」

「誰にも話していない。言っても信じてもらえないか、ふざけて捕《つか》まえようとするやつらが荒《あ》らしに来るかもしれないから」

マルティナはほっと息をついた。

「彼らはとても警戒心《けいかいしん》が強く、多くの人が足を踏《ふ》み入《い》れるようになると巣穴を変えてしまうそうです。シルヴィア様もうっかり人に見られてしまって捜索《そうさく》に来る人で溢《あふ》れるようになり、それっきり二度と見ることはなかったと聞いています」

「では二人だけの秘密ということだな」

二人だけの秘密という言葉がひどく艶《なま》めかしく聞こえて胸がときめいた。

鼓動《こどう》が高鳴り頭がくらくらする。平静を保とうと思うのに、クラウスといると時々この訳の分からない感情に支配されそうになる。自分が違うものに変わっていくような恐怖《きょうふ》と甘い疼《うず》きが混じり合って、ふらりとそばの木にもたれかかった。

するとと不思議なことが起こった。

ふわりふわりと赤や青の綿毛の塊《かたまり》のようなものが空から降ってくる。

「これは……!?」

クラウスは驚《おどろ》いて木の上を見上げた。

手の平におさまりそうなモコモコした塊が、次々に降ってきている。

緑、黄色、ピンク、白、紫《むらさき》。色とりどりのモコモコが月の光に反射するようにキラキラと煌《きら》めいて降り注ぐ。なんともファンタジックな光景だった。

「あなたたち……」

マルティナは驚いたようにオレンジ色の一つを手の平に受け止めた。

「私以外の人の前に姿を現すなんて……」

オレンジのモコモコは「キキッ！」と鳴いて、小さな手でクラウスを指差した。

「キキッ、キキッ」とマルティナに何かを訴《うった》える様子から、どうやらクラウスに怒《おこ》っているらしいのが分かった。

「え？　いじめられている？　私がこの人に？」

オレンジのモコモコはこくこくと肯いた。

「ち、違うのよ。いじめられている訳ではないの」

だがオレンジのモコモコは、クラウスの方を向いて「キキッ！」と抗議《こうぎ》している。

「はは。怒っているのか。可愛《かわい》いな」

クラウスはぷんぷん怒っているチンチラを指先で突《つつ》いてみる。

「君はチンチラの言葉が分かるのか？」

指先に齧《かじ》り付《つ》こうとするチンチラをかわして、クラウスはつまみ上げた。

「キーキ‼」と叫《さけ》んでチンチラが小さな手足を振《ふ》り回《まわ》している。

「は、はい。初めて会った時から、なぜか分かるのです」

マルティナはクラウスがつまみ上げたチンチラを両手で受け取った。「キキ、キキッ！」

と文句を言うチンチラをなだめるように撫《な》でると、安心したように毛が膨《ふく》らむ。

クラウスはその様子を見つめながら呟《つぶや》いた。

「私は初めて君を見た時、ジュエルチンチラの妖精《ようせい》かと思ったのだ」

「え？」

顔を上げると、驚くほど間近にクラウスの顔があった。

その切なげに見つめる青い瞳に囚《とら》われてしまったようにマルティナは動けなくなる。

「神獣の住む国は繁栄《はんえい》し、外敵から守られると言われている。その神獣を守るために誰にも話さなかったというのも事実だ。しかし、私が一番守りたかったのはジュエルチンチラではない。君なのだ。マルティナ」

鼓動が早鐘《はやがね》を打つマルティナにクラウスの左手が伸《の》びてきた。

そしてマルティナの頰《ほお》に触《ふ》れ、耳を撫でつけ、ひっつめた髪に絡《から》みつく。

「陛下……」

いつもと違うクラウスの熱い眼差《まなざ》しに囚われてしまいそうで少し怖《こわ》くなる。

逃《のが》れようと思うのに魔法《まほう》にかかったように動けない。

やがてクラウスの長い指がマルティナのきっちりとまとめた髪をすくい上げる。

中心の束を引き抜けば、ぱらぱらとほどけて長い黒髪《くろかみ》が頰と肩《かた》におちてきた。

その髪をクラウスの指が優《やさ》しく梳《す》く。

「マルティナ……。ずっとずっと髪をおろした君を間近に見てみたかった……」

「陛下……」

「思った通り……綺麗《きれい》だ……」

「!!」

綺麗だと言われた途端《とたん》、体中の血が逆流しそうになった。

そして急にたまらなく恥《は》ずかしくなって、クラウスの手を振りほどいた。

「お、お戯《たわむ》れはやめてください!!」

月明かりの下でマルティナの黒髪が艶《つや》やかに揺《ゆ》れている。

「マルティナ……」

近付くクラウスを警戒するように一歩ずつ後ろに下がり、大きな木に行き止まった。

「そ、それ以上近付かないでくださいませ。これは職業王妃の職務に反することです」

「マルティナ！　その職務を私は変えたいと思っている」

「変えるとは……」

だがクラウスが説明するよりも早く、地面に落ちたモコモコ達がクラウスの足にまとわりつき、「キーキッ！」と声を合わせて持ち上げた。

「わっ！　わわっ！」

急に足を持ち上げられたクラウスは体勢を崩《くず》しひっくり返る。

「陛下っ!!」

慌てたマルティナが危機一髪《ききいっぱつ》クラウスの頭を庇《かば》うように滑《すべ》り込んだ。

「へ、陛下！　ご無事ですか？」

ほっとしたのも束《つか》の間《ま》、ぎょっとする。思わぬ事態に陥《おちい》っていた。

なぜだか膝枕《ひざまくら》をしているような形になってしまっている。

「ふう……。驚いた。ありがとう、マルティナ」

クラウスはマルティナの膝の上で顔を上げ、マルティナに礼を言う。

マルティナは赤くなった頬を隠すように顔を逸《そ》らした。

「い、いいえ。チンチラ達が誤解して……申し訳ありません、陛下」

「どうやら神獣に嫌《きら》われてしまったようだ」

チンチラ達は、まだクラウスが気に入らないらしく、マルティナの膝の上からどかそうと「キーキッ」と掛《か》け声《ごえ》を合わせて持ち上げようとしている。

「あ、こら、みんな。この方は王様なのよ。私のお仕えしている方なの。大丈夫《だいじょうぶ》だから」

マルティナは「キキッ、キキッ」と文句を言うチンチラ達に言い聞かせている。

「ジュエルチンチラは美しい心を持つ乙女《おとめ》の前に現れると聞く。シルヴィア様に関しては神格化させたい者達が勝手に付け加えた作り話だとも言われていたが、彼女も君のように言葉が分かって話ができたのかもしれないな」

「はい。一人だけ、シルヴィア様に会ったという子がいます。ほら、この子」

マルティナは灰色のチンチラを手に乗せて見せた。他のチンチラより毛並みが長く、髭《ひげ》があるように見える。

「長老と呼んでいます。この中で一番長生きのチンチラらしいのです」

長老と呼ばれた灰色のチンチラは、少し胸を張って髭らしきものを小さな手で撫でた。

「ではシルヴィア様は歴史書で語られる通り、心の美しい方だったのだな」

「はい。聡明《そうめい》で愛の溢れる方だったそうです。ね、長老?」

長老はこくこくと肯いている。

その様子が可愛くてマルティナは思わず「ふふ」と笑いを漏《も》らした。

そんなマルティナをクラウスが優しく見つめていることに気付いて真っ赤になる。

「し、失礼しました。陛下の前で勝手に笑ったりして……」

「なぜ謝る？　勝手に笑ってはいけないなどと命じたことはない。君はもっと自然に、笑いたい時は笑っていいし、怒りたい時は怒っていいんだ」

「そ、それは職業王妃の職務に反することになります。職業王妃はいつだって冷静で、人前で感情を出してはならないと教えられてきました」

「だが私は君の笑顔《えがお》がもっと見たいのだ。そういう場合はどうすればいいのだ？」

「そ、そんなことは……」

マルティナはきゅんとして再び頬がほてるのを感じた。

「そ、それよりも、そろそろ膝から起き上がってくださいませ。お部屋にも戻らないと執事達が心配しています」

「もう少しだけこうしていたい。とても幸せな気分なんだ。あともう少しだけ……」

そう言って、クラウスはいつの間にか穏《おだ》やかな寝息《ねいき》を立てていた。

それを見て、チンチラたちが再び「キキッ、キキッ」と文句を言っている。

「しーっ。少しの間だけ。お疲《つか》れでいらっしゃるのよ。少しだけ寝《ね》かせてあげましょう」

マルティナは膝の上で安心したように眠《ねむ》るクラウスの髪をそっと撫でた。

マルティナもまた、ひどく幸せな心地《ここち》がして気付けば微笑んでいた。

「ひ、ひぃぃぃぃっ‼」

夜着の準備をしてマルティナの寝室《しんしつ》に入ったメリーは思わず悲鳴を上げていた。

見てはいけないものを見てしまった。

蝋燭《ろうそく》の灯《ひ》に照らされ、ほの暗く浮かぶマルティナの顔。その手には小鍋《こなべ》のような物を持っていて、蝋燭の火であぶっている。そして一心不乱に何かをかき混ぜていた。

「マ、マルティナ様、なにを……。ま、まさか！」

メリーはごくりと唾《つば》を飲み込んだ。

「これが何か分かったの？　メリー」

マルティナは薄明《うすあ》かりの中でにやりと微笑んだ。

「まさかマルティナ様がそこまで思《おも》い詰《つ》められていたとは知りませんでした。先日のガザでの視察のご様子のことは院生達から詳《くわ》しく聞きました。エリザベート様は、マルティナ様が必死にご準備なさったものを、まるで自分の功績であるかのように振る舞《ま》って、民達に崇められていたというではありませんか。事情を知っている者はみんな、マルティナ様が気の毒だと腹を立てておりました」

「？　それは何の話かしら？」

マルティナは小鍋を混ぜながら首を傾げた。

「何の話って。ですから毒を作っておられるのでしょう？」

「毒？」

「エリザベート様に飲ませる毒を煎《せん》じておられるのでしょう？」

「……」

「ですが相手はスタンリー公爵《こうしゃく》様のご令嬢《れいじょう》です。お気持ちは分かりますが、毒殺はさすがにいけませんわ」

「何を言っているの？」

「え？」

メリーはきょとんと聞き返した。

「毒など煎じるはずがないでしょう？」

「え？　でもその小鍋で作っているのは……」

「これは蝋《ろう》を溶《と》かしているのよ。これで髪を固めたらどうかしらと思って」

「蝋で髪を？　そ、そんなことをしたらごわごわになって、てかてか白光りしますよ！」

「やっぱりそう思う？　一度試《ため》しにやってみようと思ったのだけど……」

「や、やめて下さい‼　せっかくの綺麗な黒髪が台無しになります‼」

「でもやってみれば案外きっちりまとまって、簡単にほどけなくなるかもしれないわ」

「別に今でもきっちりまとまってほどけてないではないですか」

「それがね、束の中心を引き抜かれたら簡単にほどけてしまうのよ。どこを引っ張ってもほどけないように、かちかちに固めるべきだと思うのよ」

「マルティナ様の髪を引き抜く人なんていますでしょうか？」

「それは分からないわ。でも用心はすべきだと思うの。味方だと思っていた人が突然《とつぜん》思わぬ攻撃《こうげき》をしかけてくることはあるでしょう？」

「誰のことを言っているのか分かりませんが、そんな攻撃をしかけてどうするのですか？」

「分からないわ。何の得があるのかしら？　どうしてそんなことをするの？」

「私が聞いているのですが……」

「でも相手に得があろうがなかろうが、私は大打撃《だいだげき》を受けるのよ。長年ひっつめた髪形《かみがた》でしか人前に出ていないから、髪をほどかれると……なんだかとても恥ずかしくて素の自分に戻ってしまうような気がするの」

なぜか頬を赤らめるマルティナが可愛《かわい》くて、メリーは可笑《おか》しくなった。

この生真面目《きまじめ》でピュアなマルティナが毒など盛るわけがなかった。

「ともかく、蝋で髪を固めるのはやめてください。お願いします」

メリーに言われて仕方なく、マルティナは小鍋を置いた。

「さあ、お疲れでしょうから、もう夜着に着替《きが》えてお休みください」

マルティナはメリーに手伝ってもらいながら、寝支度《ねじたく》をする。

「それにしても王様はいったいどういうつもりでいらっしゃるのでしょうか？　マルティナ様のことを気に入らないと言ったり、急に散歩にお連れになったり……」

みんなには、庭を散歩しながらガザの災害支援《しえん》の状況《じょうきょう》などを話し合っていて遅《おそ》くなったと伝えている。ジュエルチンチラのことや、膝枕で眠ってしまったクラウスのことは話していない。

「気に入らない……。そうね。そんなことをおっしゃったのだったわ」

「もうマルティナ様を解任しようとお考えではないのでしょうか？」

蝋で固められずに済んだ長い黒髪を梳きながらメリーは聞き返した。

「どうかしら。時々……何をお考えなのか分からなくなるの」

勤勉で真面目で、養成院にいた頃《ころ》から何事にも動じないマルティナだったが、クラウスに会ってから少しおかしい。

「王様と何かあったのですか？　マルティナ様」

マルティナは戸惑《とまど》うように俯《うつむ》いた。

「あのね、メリー。誰にも言わないでくれる？　ここだけの話よ」

「？　はい。もちろん誰にも言いませんよ。何ですか？」

珍しく口ごもるマルティナに、メリーは息をひそめて尋ねた。

「自分でもこんな気持ちになるなんて、信じられないのだけど……」

「!!」

メリーはまさか、と期待を高めた。いや、職業王妃としてあってはならないことなのだが、恋話《こいばな》が好きなのは女性の性《さが》のようなものだ。男子禁制の養成院であっても、いや、だからこそ、おとぎ話のように恋愛《れんあい》に憧《あこが》れる気持ちはある。

長年そばにいても色気の欠片《かけら》もなかったマルティナだが、もしかして……。

「ああ、でもやっぱり陛下に対してのこんな気持ちを人に言うべきではないわね」

「な、なんですかっ!?　是非《ぜひ》とも言ってくださいませ、マルティナ様」

メリーは前のめりになって尋ねた。

「いいえ。この気持ちは私の心だけに秘《ひ》めるべきだわ」

「私とマルティナ様の仲ではないですか！　なにがなんでも言ってくださいませ!!」

メリーは掴みかからんばかりにマルティナに詰め寄った。

そしてマルティナは観念したように答えた。

「陛下が……」

「王様が!?」

「……時々……少し怖いの……」

「……」

メリーは、しばし固まったあと盛大《せいだい》にため息をついたのだった。

七章 ◆ ジュエルチンチラのピンチ

ガザの視察から数日後、二人が庭園を散歩する少し前のことだった。

クラウスの部屋に予想通りの来客があった。

「そろそろやって来るだろうと思っていた。スタンリー公」

執務《しつむ》机から顔を上げて、クラウスは慇懃《いんぎん》に頭を下げる老獪《ろうかい》の紳士《しんし》に告げた。

「陛下の貴重なお時間を頂き、恐悦至極《きょうえつしごく》に存じます」

「前置きはいい。ガザのことであろう？」

クラウスは端的《たんてき》に本題を告げた。

「はい。恐《おそ》れながら私めが太上《だじょう》王様より一任されておりました救援《きゅうえん》活動が、ならず者の役人や監督官《かんとくかん》によってうまくいっておりませんでしたことを深くお詫《わ》び致します」

「……」

クラウスは無言のままスタンリー公を見つめる。

「私が急ぎ掻《か》き集《あつ》め送りました救援物資を、愚《おろ》かな役人が搾取《さくしゅ》しておりました。また未熟な監督官もその役人が派遣《はけん》していたようでございます。その者を捕《と》らえ、すでに死罪に致《いた》しました」

クラウスは驚《おどろ》いた。

「死罪に？　それでは不正の全容を解明できなくなるであろう？」

「すでに罪をすべて白状致しましたゆえ、問題はございません」

「……」

すべての罪をその者に被《かぶ》せ口封《くちふう》じに殺したのだな、とクラウスは考えた。

スタンリー公の悪事に加担していた者だろうが、それにしても気の毒に思う。

だがスタンリー公の領土内のことは王といえども簡単に口を挟《はさ》むことはできない。

「急ぎ代わりの救援物資と、医師や大工などを送りますゆえ、もう心配はございません。どうぞ王様の貴重な人材をお戻《もど》しくださいませ」

暗に領土内のことにこれ以上首を突《つ》っ込むなと言いたいのだろう。

「そなた、ガザの地をどうするつもりだ？」

「それはもちろん、手厚い援助《えんじょ》をして元の通りに復興させるつもりでございます」

スタンリー公は意味深長な顔でにやりと微笑《ほほえ》んだ。

嘘《うそ》だな……とクラウスは感じた。

クラウスが救援から手を引けば、ガザを見捨てるつもりなのだ。

大金を使って援助したところで農作物が元のような収穫《しゅうかく》量に戻るまで数年かかるだろ

う。それも一気に領地が潤《うるお》うほどの収穫量ではない。目先の利益だけを見れば採算が合わない。辺境のガザは、スタンリー公にとってはさほど重要な土地でもないのだ。

「いましばらく……私の派遣した者たちを置いておく。救援物資の流れや治水工事の進展がうまくいっているのを見届けてから引き揚《あ》げさせよう」

「……」

スタンリー公は一瞬微笑《いっしゅんびしょう》を消したものの、すぐに元の笑顔《えがお》で応じる。

「畏《かしこ》まりました。ガザの民《たみ》達は、陛下にそこまで心配して頂き幸せでございますな。もしや、王妃《おうひ》様が何か陛下にお願いされたのでしょうか？」

唐突《とうとつ》にマルティナの話が出てクラウスは怪訝《けげん》な表情になる。

「マルティナが？　なぜだ？」

「いえ。視察に付《つ》き添《そ》った我が娘《むすめ》エリザベートや監督官達の話では、王妃様がやけにガザの領民と親密であったと。中には国司と仲が良すぎるなどと勘繰《かんぐ》るものまでいまして……。あ、いや、これは余計な戯言《たわごと》でございました。お許しくださいませ」

「マルティナは王妃として民を助けたいだけだ。私欲のために私に意見などするわけがないだろう」

「ごもっともでございます。分かっております。ですが、何事も行き過ぎると思わぬ落とし穴が待っているものでございます。誰《だれ》かに肩入《かたい》れすれば、それを面白《おもしろ》く思わない者がいるのも事実。職業王妃はどこまでも公正で、目立つ行動をせぬのが一番かと」

「職業王妃は何もするなと？　そう言いたいわけか」

クラウスはぎろりとスタンリー公を睨《にら》みつけた。

「いえいえ滅相《めっそう》もない。私はただ心配なのでございます。此度《こたび》はあまりにお若い職業王妃様ゆえに、このままでは何か問題が起こるのではと。問題が起きてからでは遅《おそ》いのです」

クラウスは不機嫌《ふきげん》を見せないように目をそらし、淡々《たんたん》と答えた。

「職業王妃という制度については……私も見直しを考えている。だが、それはそなたの心配することではない。私とマルティナの問題だ」

「職業王妃の見直しを？　そ、それは知りませんでした。陛下がそこまでお考えとも知らず、余計なことを申しました」

スタンリー公は納得《なっとく》したのか、それ以上言《い》い募《つの》ることはせずに帰っていった。


「王様はどうやら職業王妃制度の見直しを考えておられるようだ」

スタンリー公は夕方部屋にやってきたエリザベートに伝えた。

「まあ！　本当ですの？　そういえばアラン様も職業王妃の制度をどう思うかと、若い貴族達に聞いて回っているようですわ」

「アラン侯爵《こうしゃく》が動いているなら間違《まちが》いない。彼は王様の側近中の側近だからな」

「いい気味だわ。マルティナ。今頃《いまごろ》はガザの活躍《かつやく》を認められたのだといい気になっているのでしょうけど、いずれ思い知ることになるわ。その日が楽しみだわ」

エリザベートはほくそ笑《え》んだ。

ガザから戻ってきたエリザベートは、ドレスを泥《どろ》まみれにして馬車に一人で乗っていた。そのまま父のスタンリー公のもとに駆《か》け込み、すべて王妃のせいだと泣きついた。自分が帰ると言っても引き留める者もなく、王妃のせいで酷《ひど》い扱《あつか》いを受けたのだと。

こんな屈辱《くつじょく》は初めてのことだった。

「あの王妃は王に余計なことを吹《ふ》き込み、この先、災《わざわ》いの元になるだろう。おかげでガザにも救援のために余計な大金をつぎ込むことになりそうだ。すべて王妃のせいだ。甚《はなは》だ迷《めい》惑《わく》なことだ。今のうちに叩《たた》き潰《つぶ》しておかねばならぬ」

スタンリー公は苦々しい顔で、言い捨てた。

ふと、窓の外に目をやったエリザベートは、唇《くちびる》を噛《か》みしめ更《さら》に憎《にく》しみの表情を浮《う》かべる。

「ええ。あの思い上がった王妃を叩き潰さねば……」

窓の外には、庭園を歩くクラウスとマルティナの姿が見えていた。

エリザベートは夜の森に、侍女《じじょ》のリタと二人で立っていた。

「エリザベート様。本当にここにジュエルチンチラがいるのですか？」

リタは真っ暗な森の中で、不安げに尋《たず》ねた。

「ええ。ゆうべ見たの。間違いないわ」

エリザベートは昨夜、スタンリー公の部屋の窓からクラウスとマルティナが散歩する姿を見かけ、こっそり追いかけたのだ。

そこでエリザベートは信じられないものを見た。

森の中に光の玉が広がっている光景だ。

腹立たしいことに、王妃はクラウスに膝枕《ひざまくら》までしていた。

「あの王妃は危険だわ。図々《ずうずう》しくも、職業の枠《わく》を出て、クラウス様のお心まで手に入れようとしているみたいだわ」

「あのマルティナならあり得ますわ。養成院にいた時から何を考えているのか読めない人でした。まさかそんな野心を持っていたなんて」

侍女のリタはつい先日まで職業王妃養成院にいた。

最後までマルティナと職業王妃の座を争った仲だった。

リタはマルティナと違《ちが》って、養成院の中では珍《めずら》しい良家の令嬢《れいじょう》だった。職業王妃を目指さなくとも豊かな生活と良家への縁談《えんだん》が約束されているような家柄《いえがら》だ。なにせ重臣のスタンリー公の遠縁《とおえん》でもある。

それでも養成院に入ったのは、幼い頃《ころ》から非常に優秀《ゆうしゅう》だったからだ。王妃の座だけを目指して養成院に入ったサラブレッドだった。実際、貴族達の後押《あとお》しも強く、どれほどマルティナが優秀であっても、最終的に王妃になるのはリタだろうと最後まで言われていた。

だが太上王妃の一存でマルティナに決まってしまった。

今でも納得していない。マルティナが太上王妃に密《ひそ》かに取り入っていたのだろうと思っている。それだけに激しい憎悪《ぞうお》を持っていた。

そして戦いに敗れたリタは、養成院を出てエリザベートの侍女になることにした。

職業王妃の制度を廃《はい》して、寵愛《ちょうあい》を受ける妃《きさき》が王妃になるべきだというエリザベートの考えに賛同したのだ。というか、何が何でもマルティナを王妃の座から引きずり下ろしたかった。

「やはりそういう策略家だったのね。ガザの視察にしても、いかにも一歩引いたように見せかけて、最後にはいつの間にか民達を味方につけていたわ。すべて計算ずくだったのよ。なんて恐ろしい人。クラウス様はあの女に騙《だま》されているのよ」

「そうです。それがいつものマルティナのやり口です。職業王妃の選定の時も、いかにも自分なんてまさか、という顔をして、気付けば太上王妃様を味方につけていたのです」

「なんてことでしょう。リタ、あの女は必ず王妃の座から引きずり下ろさねばならないわ。そのためにも、まずは陛下をあの女の毒牙《どくが》からお救いしなければ」

「はい、エリザベート様。私が全力で協力致しますわ」

　二人は正義のヒロインになったつもりで手を取り合った。

「それでこの森で何をなさるのですか？」

　ゆうべジュエルチンチラを見たという森に連れてこられた。

「ジュエルチンチラを呼び出すのよ」

「ええっ⁉　そんなことができるのですか？」

　リタはジュエルチンチラの話も半信半疑のまま首を傾《かし》げた。

「あの女にできるのですもの。私にも当然できるはずよ。知っている？　ジュエルチンチラは心の美しい乙女《おとめ》が好きなの。容姿が美しいなら、なお好きなはずよ」

「ではエリザベート様はぴったりではございませんか」

　リタは深く頷《うなず》いた。

「陛下がなぜあの地味な女に優《やさ》しくするのか不思議だったのだけど、おそらくジュエルチンチラの神獣《しんじゅう》の力を使っているのよ。ようやく分かったわ」

「まあ！　確かに。それに伝説の神獣を手なずけているとなれば、王様も無下にはできませんものね。では太上王妃様ももしや、神獣の力を使って言いなりにしたのかも……」

「まさしくそうに違いないわ。そうでなければ、陛下がこの私を差し置いて、マルティナに親切にする理由が分からないもの」

「なんてずる賢《がしこ》い女なのかしら。許せませんわ！」

「ええ。だからマルティナから神獣を奪《うば》うのよ。私がジュエルチンチラを手なずけて、陛下の心を正しい方に導いて差し上げるの」

エリザベートはそう言うと、自信満々で木々に向かって叫《さけ》んだ。

「さあ、出ておいで、ジュエルチンチラ達。マルティナよりも心も顔も数倍美しい私が可《か》愛《わい》がってあげるわ。怖《こわ》がらずに出てらっしゃい」

「……」

しん、と森は静まりかえっている。

「あれ？　おかしいわね。今日はみんなでどこかに出かけているのかしら？　みんな、出てらっしゃい。心と顔だけじゃないわ。私は公爵令嬢《こうしゃくれいじょう》なの。生まれの身分もマルティナなんかより遥《はる》かに上なのよ」

「……」

もう一度木々に呼びかけても、静まり返ったままだ。

「あ、あの、エリザベート様。本当にジュエルチンチラなんていたのですか？　養成院にいた時もそんな話は聞いたこともありません。マルティナに見えるという話も聞きませんでしたよ。夢でも見たのでは……」

「ち、違うわよ！　ちゃんとこの目で見たのだから！」

リタはこの主人に仕えていて大丈夫《だいじょうぶ》だろうかと一抹《いちまつ》の不安を感じた。

「ジュエルチンチラ達、おとなしく出てらっしゃい！　私の言うことが聞けないなら、どうなっても知らないわよ。私はスタンリー公の娘なんだから」

半分脅迫《きょうはく》めいてきた。

すでに心の美しさは諦《あきら》めたらしい。

「出てきなさいったら！　私をバカにしているの⁉」

「エリザベート様。ジュエルチンチラは幻《まぼろし》の神獣と言われて久しいのです。そんなに簡単に現れるわけがございませんわ。よく考えてみるとマルティナにしたって。あの腹黒い女の前に現れるわけがございません。見間違《みまちが》いだったのですわ」

「本当に見たのよ！　早く出てらっしゃい！　今すぐ出てこないと許さないわよ！」

しかしどれほどエリザベートが脅《おど》してみても、チンチラ達はついに姿を現さなかった。

エリザベートは腹立ち紛《まぎ》れに被っていたボンネットを地面に叩きつけ踏《ふ》みつけた。

「覚えてらっしゃい。チンチラ達。私をバカにしたらどうなるか……」

捨てゼリフを吐《は》いて、エリザベートは足音荒《あら》く王宮に戻っていった。

「お、お待ちください、エリザベート様」

リタは慌《あわ》てて踏みつけられたボンネットを拾って、後を追いかけていった。

数日後、マルティナは養成院の役人をしている顔見知りの貴族から信じられない話を聞いて青ざめていた。

「本当なの？　本当に養成院の裏手の森を？」

「はい。王妃様。森の木々を伐採《ばっさい》して迎賓館《げいひんかん》を建ててはどうかという議案が上がっているそうでございます」

「そんな……。あの森は……」

ジュエルチンチラ達の巣穴があるはずだ。人の目には見えないが、あの木々の中で暮らしているはずだった。その木々が伐採されてしまったら……。

「な、なぜ急にそんな話が？　今まで一度もそんな話はなかったはずよ」

「それが……どうやらスタンリー公爵《こうしゃく》様が言い出したようで、養成院の敷地《しきち》が無駄《むだ》に広すぎるのではないかと。スタンリー公は以前より職業王妃の廃止《はいし》を望んでおられましたから、徐々《じょじょ》に敷地を狭《せば》めていくおつもりかもしれません」

「なんということでしょう……」

「スタンリー公はガザの一件でも王妃様に恨《うら》みを持っているご様子です。お気をつけくださいませ」

「では私のせいで……」

ジュエルチンチラ達の住処《すみか》を奪われてしまうのかとショックを受けた。

「なんとかしなくては……」


ギリスア国の通常の議会は十日に一度開かれる。

職業王妃は王と共に出席しているが、マルティナはまだ発言したことはなかった。

だが今回は迎賓館の件をクラウスに相談して反対の意を示そうと思っていた。

しかし、どういう訳かクラウスの姿がない。どこを捜《さが》しても見つからず、ついに議会が始まるまで話をすることができなかった。

(どうしよう。このままではチンチラの森が伐採されてしまう……)

スタンリー公の派閥《はばつ》が多くいる議会でその提案を覆《くつがえ》すには、クラウスの同意が必要不可欠だった。新人王妃のマルティナの意見など通るはずもない。

しかもクラウスは議会が始まる時間になっても現れず、執事《しつじ》が先に始めていてくれという伝言を持ってやってきた。

「で、では……これより議会を始めます」

檀上《だんじょう》に設《しつら》えられた背もたれの高い玉座は空席のまま、隣《となり》に座るマルティナがクラウスの代わりに告げた。

玉座の前に置かれた円卓《えんたく》で重臣達が議論するのを檀上から見ている。

重臣達が出した結論について是《ぜ》か否《いな》かを答えるのが王の役割だった。

意見がある時は、手元に置かれた鉦《かね》を叩けば全員が王の言葉を黙《もく》して待つ。

王の席が空席の今、マルティナが代役を務めることになる。

だが議会が出した結論に否と答えられるような雰囲気《ふんいき》ではなかった。

クラウスのいない議会は最大派閥のスタンリー公の独壇場《どくだんじょう》だった。

「議案の前に、来月の隣国《りんごく》王女のご訪問ですが、いかが致しましょうか王妃様」

スタンリー公にいきなり問われてマルティナは戸惑《とまど》う。誰に任せるかは聞いていない。

「そ、それは……」

重臣達は試《ため》すようにこちらを見ている。その目は一様に冷たい気がした。

いつもは隣にクラウスが座っていて、特に疎外感《そがいかん》も覚えなかった。そのクラウスがいないだけで、これほどの孤独《こどく》と緊張《きんちょう》を感じるとは知らなかった。

クラウスの存在感と共に、自分がいかに頼《たよ》り切っていたかを思い知る。

クラウスが来るまで保留にしてもらおうと口を開きかけたところで、一人の男が立ち上がった。

「よろしければ……私にお任せ頂けますか、王妃様」

「あなたは……」

年寄りの多い議会の中で際立《きわだ》って若い赤髪《あかがみ》の男性だった。

「アラン・クレメン侯爵と申します。舞踏《ぶとう》会で一度ご挨拶《あいさつ》をさせて頂きました」

「クレメン侯爵……」

確か先日クラウスの祝賀パーティーを開いてくれた一番の側近だと聞いている。

だが一度自己紹介《しょうかい》を受けただけで、それ以上関わることはなかった。クラウスのもとを訪ねて来ることもあるようだが、いつもすれ違いで避《さ》けられているように思っていた。

「ではクレメン侯爵にお任せします。よろしいでしょうか、皆様《みなさま》」

マルティナが尋ねると、重臣達は渋々《しぶしぶ》という感じで肯《うなず》いた。

もっと新しい職業王妃を追《お》い詰《つ》めてみたかったのに、助け船を出してつまらないという感じだ。そしてアランという人物が、マルティナに助け船を出せる程度に重臣の間でも一目置かれているのだと分かった。

その後もアランはクラウスのいない穴を埋《う》めるように、マルティナを助けてくれた。

「ところで王妃様。兵舎の改修工事ですが、ガザに大工を大勢連れていかれてしまって、すっかり工事が滞《とどこお》っております。兵士達から不満が続出しておりますぞ」

「大部屋に詰め込まれた兵士達は、いつまでこの狭《せま》い仮住まいを続けるのだと、誰が工事を止めたのだと怒《おこ》っております」

重臣達はクラウスがいないのをいいことに、マルティナに不満をぶちまける。

「ではテントを張って野営の訓練を兼《か》ねてはいかがでしょう？」

野営に慣れておくことは兵士にとって重要だ。マルティナのいた養成院でも遠方の慈善《じぜん》活動の時は野営することもあった。

「なるほど！　それはいいですね。さすがは王妃様です！」

他の重臣達が反論する前にアランが大声で賛同してくれたので助かった。

「大規模な野営訓練をする好機です。兵団長に知り合いがいますので伝えてみましょう」

顔の広いアランが請け負《うお》ってくれたので、重臣達はそれ以上の追及《ついきゅう》はできなかった。

だがそうしている間に、ついに迎賓館の議案になってしまった。

「次は王宮の北の森に迎賓館を建てるというスタンリー公爵のご意見です。どうぞ」

スタンリー公爵が咳払《せきばら》いをして立ち上がる。

「以前より私は職業王妃養成院の敷地が広すぎると思っていたのですが、我が娘のエリザベートが裏手の森を伐採して迎賓館を建ててはどうかと、素晴《すば》らしい提案をしてくれましてな。あの森は人通りがなく、長年手を加えていない原生林ばかりで危険な獣《けもの》が住んでいると言われています。王宮の中にそのような森があるのは防犯的にも不安だと思っていたのです。いや、我が子ながら聡明《そうめい》な娘でしてな」

「エリザベート嬢《じょう》はさりげなく娘自慢《むすめじまん》をする。いつものことだ。

スタンリー公はお美しい上に聡明でもあられるのか。羨《うらや》ましいですな」

「そのような方が陛下のお妃になって欲しいものです」

スタンリー公の腰巾着《こしぎんちゃく》となっている貴族達が口々にエリザベートを褒《ほ》めたたえた。

「他国との交流も増えてきたことですし、迎賓館が必要だと思っていました。他国には立派な迎賓館がございます。我が国も他国を圧倒《あっとう》するような象徴《しょうちょう》的建物が必要です」

「なるほど確かに。我が国の権勢を見せつけねばなりませんな」

「豊かな強国と感じれば、攻《せ》め込もうなどと思わぬでしょうから」

貴族達はスタンリー公の腰巾着貴族達に言いくるめられて、肯いている。

「実は我が屋敷《やしき》に隣国でも高名な建築家、シュルツ卿《きょう》が永らく滞在《たいざい》しております。私に任せて頂ければ、他国を凌駕《りょうが》する見事な迎賓館を建築させてみせましょう」

「おお！　シュルツ卿とは素晴らしい！　その功績で隣国の爵位《しゃくい》を得た方ですな」

「さすがスタンリー公。手際《てぎわ》がよろしいな」

どんどん迎賓館建設で話が進んでいく。

マルティナは思わず立ち上がった。

「お、お待ちください！」

重臣たちが一斉《いっせい》にマルティナを見た。アランも驚いている。

新人王妃が厚かましくも議会にまで口を出すつもりかという空気が流れる。

だが怯《ひる》んでいるわけにはいかない。

「あの地は初代シルヴィア様がギリスア国の伝説の神獣、ジュエルチンチラを愛《め》でていたと伝わる神聖な場所でございます。あの森に手を加えないのは、シルヴィア様が神獣のために自然のまま残すように命じたからです。その森を伐採などしては、どのような天罰《てんばつ》がくだるかわかりません。あの森は残しておくべきです」

職業王妃養成院の敷地にして、わざと手を加えさせなかったのだ。

養成院の院生も滅多《めった》に立ち入らない。マルティナも神獣の光によって導かれることがなければ立ち入ることはなかった。

あのジュエルチンチラ達は、マルティナと初代シルヴィアを繋《つな》ぐ唯一《ゆいいつ》の存在であり、かけがえのないものだった。神獣を通じて、シルヴィアの過去の思いがあの森と王宮すべてを守ってくれているのだと、マルティナは信じている。

「ははは。これは驚いた。伝説の神獣などというものを、まだ信じている者がいたとは」

「いやいや、養成院で無垢《むく》にお育ちの方ゆえ我らの常識とは違うのでしょう」

「さすがは変わり者……いや、失礼。純粋培養《じゅんすいばいよう》された王妃様ですな」

重臣達は褒めるように見せて、マルティナを小バカにしている。

「どうも養成院でお育ちの方々は、シルヴィア様がご存命の時代を生きておられるようですな。あれから百年以上の時が過ぎ、世の中も常識も変わっているのですよ」

「おとぎ話のような神話を信じていた時代とは違うのです。時代錯誤《さくご》も甚《はなは》だしい」

重臣達に一斉攻撃《こうげき》を受け、アランもどう庇《かば》っていいものか分からずにいる。

「さあ、皆様くだらぬおとぎ話は終わりにして、議案に戻りましょう」

マルティナの意見はないものとして議事は進んでいく。そして。

「では多数決で決めましょう。森の伐採と迎賓館の建設に賛成の方は挙手を」

スタンリー公の派閥貴族が勢いよく手を挙げ、ぱらぱらと他の貴族達も手を挙げる。

手を挙げていないのはアランと数人の貴族だけだった。

「では賛成多数ということで進めましょう」

「ま、待ってください！」

マルティナが必死に叫んでも、誰も聞いてはくれない。

「迎賓館の建設に関してはシュルツ卿に依頼《いらい》してみます。お忙《いそが》しい方ゆえ、いつまでこちらに滞在されるか分かりません。明日からでも森の伐採を始めた方がいいでしょう」

スタンリー公が青ざめているマルティナをちらりと見ながら言う。

「そんな……」

マルティナは絶望の表情を浮かべていた。

だが、その時、議場の扉《とびら》が大きく開いた。

「勝手に決めてもらっては困るな。スタンリー公」

クラウスが手に分厚い資料を抱《かか》えて現れた。

「陛下……」

重臣達は立ち上がり、クラウスに臣下の礼をする。

「恐れながら……陛下がおいでにならないゆえ、代行の王妃様のもとで議案を進めてしまいました。先走ってしまい失礼を致しました」

スタンリー公は慇懃に詫びる。

クラウスは青ざめた顔で玉座に立《た》ち尽《つ》くしたままのマルティナに視線をやった。

「確かに遅《おく》れた私にも非はあるが、王妃の賛同を得ているようには見えぬが」

ぎろりとスタンリー公を睨みつける。

「……」

スタンリー公はばつが悪そうに黙《だま》り込んだ。

クラウスはそんなスタンリー公の前に、手に持った資料を広げた。

「実はこの古文書を探し出すのに手間取って遅れた。どこかで読んだと思っていたのだ」

「古文書？」

重臣達は集まってきて古文書を覗《のぞ》き込む。

クラウスに差し出された資料は、確かに古びた羊皮紙で、年代物の重みがあった。

「代々の王に引《ひ》き継《つ》がれてきたギリスア国創世史の一部分だ。本来は王以外が見るものではないが、今回の議案には必要な証拠《しょうこ》になると思って持ち出してきた。ここの一文を見るがいい」

クラウスは羊皮紙の真ん中あたりを指さした。

「文字がかすれて読みにくいが『北の森、すなわち神獣の住処なり。我がギリスア国の守護を担《にな》う神聖な光を発する地なり。子々孫々までこれ損《そこ》なうことなかれ』と書かれている」

「なっ⁉」

重臣達は近付いてかすれた文字を凝視《ぎょうし》した。

古代文字ではっきり読み取れないが、確かにそんな風に書かれているように見える。

「他にも代々の王の日記に、あの森で宝石のように輝《かがや》く不思議な生き物を見たという記載《きさい》が数か所見られた。不思議なことに神獣を見た王達は皆《みな》、国難を乗り切り安定の時代を築いている」

「まさか……」

重臣達は顔を見合わせた。そしてアランがすぐさまクラウスに応じる。

「なるほど！　代々の王達も神獣を見て信じていたということですね。それなのにおとぎ話を信じる時代錯誤な王妃だなどと……先ほどどなたが言っておられたのだったか」

ぎくりと重臣達は青ざめた。

「なに？　そのような言葉で王妃ばかりか代々の王まで侮辱《ぶじょく》した愚か者がいるのか？」

クラウスはアランの言葉を受けて重臣達を見回した。

「い、いえ！　そのような畏《おそ》れ多《おお》いこと……」

「わ、我らはそのような古文書や王の日記などを目にすることもないため、てっきり作られた伝説の類《たぐい》かと……」

必死に言い繕《つくろ》う重臣達をマルティナは信じられない思いで見ていた。

さっきまで強気だった重臣達が、クラウスとアランに逆に追い詰められている。

「そ、そのような神聖な森を伐採しようなどと罰当《ばちあ》たりな話でございますぞ」

「誰が言い出したのだったか。いやはや天を畏れぬ不届きな提案だ」

「スタンリー公のご令嬢でしたか。なんという不遜《ふそん》なことを言い出すのやら」

「ぐ……」

スタンリー公はすっかり立場が悪くなり唇を噛みしめた。

「では、森の伐採の話は却下《きゃっか》ということで良いかな、皆の者」

クラウスが告げると、重臣達は「異論ございません」と声を揃《そろ》えた。

（よ、よかった……）

マルティナは、絶望と緊張から解き放たれ、脱力《だつりょく》したように席に座り込んだ。

古文書を抱えて玉座に戻ってきたクラウスは、そんなマルティナに微笑みかけた。

「遅れてすまなかったな。一人で不安だっただろう」

議会に遅れてきたのは、あの森を伐採させないために古文書の一文を探してくれていたのだ。クラウスがジュエルチンチラ達を救ってくれた。

「陛下……」

クラウスがそばにいるというだけで、穏《おだ》やかな安心感に包まれる。

マルティナは涙《なみだ》ぐんでしまいそうなのをぐっと堪《こら》えて、ふるふると頭を振《ふ》った。

「アランに君を守るよう頼《たの》んでおいたのだが、思いのほか時間がかかってしまった」

「陛下がアラン様に？」

マルティナが驚いてアランを見ると、二人にこっそりウインクを返してくれた。

「君にとってあの森は大切な場所だと思ったから、確実な証拠を揃えたかった」

「私のために……？」

クラウスのその気持ちが嬉《うれ》しかった。チンチラ達を救ってくれた感謝と共に、自分の中でクラウスの存在がどんどん大きくなっていく。それが嬉しくもあり、踏み出してはいけない所まで気持ちが進んでしまうような一抹の不安が……微《かす》かに芽生えていた。

八章◆アラン・クレメン侯爵

「先日はすまなかったな」

ソファでくつろぎながらクラウスは目の前に座るアランに礼を言った。

「いや中々楽しかったよ。迎賓館《げいひんかん》の議案になっても君が現れないから少し焦《あせ》ったけどね」

アランは王宮に寄ったついでにクラウスを訪ねてきた。

侯爵《こうしゃく》でもあるアランは、自分の領地も持っていて結構忙《いそが》しい。

議会も欠席しがちなのだが、先日はクラウスに頼《たの》まれて出席していた。

「マルティナもずいぶん助けてもらったと感謝していた」

「それは良かった。君の大事な想《おも》い人《びと》だからね。全力で援護《えんご》させてもらったよ」

アランはにやにやと言う。

「……。面白《おもしろ》がってるだろう」

クラウスは少し迷惑《めいわく》そうに眉間《みけん》にしわを寄せた。

「そりゃあ、女嫌《おんなぎら》いの冷酷《れいこく》王とまで言われた君が、王妃《おうひ》一人に奔走《ほんそう》している姿を見られるなんて、こんな面白いことはないよ」

クラウスはやっぱりマルティナのことをこの男に話すべきじゃなかったのではないかと頭を抱《かか》えた。

「だが……君の想いを成就《じょうじゅ》させるのは、中々厳しそうだ」

アランは少し真面目な顔になって告げた。

「若い貴族達は、まあ何とかなるだろうが、重臣達は納得《なっとく》しないだろうな。特にスタンリー公。先日の議会でも王妃様に敵意丸出しだった」

「スタンリー公か。これまではどちらかというと味方だと思っていたのだが……」

「エリザベートを君の妃《きさき》にして世継《よつ》ぎを産ませようと思っているようだからな。君がエリザベートを妃に迎《むか》え入《い》れたなら、扱《あつか》いやすい側近になるだろう。妃にするか？」

アランに問われ、クラウスはため息をついた。

「それでマルティナに危害を加えないなら……と考えたこともあるが、それは根本的な解決にはならないだろう？」

「まあ……妃になったらなったで、君の気持ちがマルティナに向かうなら、問題はさらに大きくなるだろうな」

やはりスタンリー公とは真っ向対決するしかないだろう。それに。

「王がこのようなことを言うべきではないと思うが、どうもあの腹黒おやじは好きじゃない。マルティナのおかげで本性《ほんしょう》を知った気がする」

「はは。俺が気を付けろと言った意味が分かったか？」

アランは侯爵という立場上、スタンリー家のことはよく知っていた。重臣達には人気があるが、低位の貴族や使用人達が良く言うのは聞いたことがない。

「そうそう。スタンリー公で思い出したが、隣国《りんごく》のサミュエル王子はどうやらエリザベートが気に入っているらしい」

「サミュエル王子？　まだいたのか？」

クラウスの即位《そくい》式に招待したのだが、そのままギリスア国に滞在《たいざい》していたらしい。

「スタンリー公に誘《さそ》われて、彼の別荘《べっそう》に滞在しているそうだ。そこでエリザベートを見て一目ぼれしたそうだよ」

サミュエル王子の女好きの噂《うわさ》は隣国では有名だと聞いた。国には彼のハーレムがあるらしい。悪い人物ではないが、軽薄《けいはく》さが鼻につくところがあった。

「スタンリー公の別荘に滞在ってところが気になるが、国に帰る前に君と狩《か》りに行きたいと言っているそうだ」

「狩りに？　公務がぎっちり詰《つ》まっているんだが……」

あまり気乗りがしない。

「だがまあ、いずれ隣国の王になる相手だ。邪険《じゃけん》にはできないだろう」

「面倒《めんどう》だが仕方がないな」

クラウスはやれやれと肩《かた》をすくめた。

「それで？」

アランは突然《とつぜん》尋《たず》ねた。

「それで、とは？」

クラウスは怪訝《けげん》な顔で聞き返した。

「だから。王妃様とはどこまで進んだんだ？」

唐突《とうとつ》に話が変わってクラウスは慌《あわ》てた。

「な……。なんの話だよ」

「俺は、今日はこれを聞くために大事な会食を断って君のところにやってきたんだ」

「くだらない理由で大事な会食を断るな」

クラウスは呆《あき》れて答えた。

「その様子じゃ、まだ手も握《にぎ》ってないな？」

「余計なお世話だ」

「図星か。君は、恋愛《れんあい》は奥手《おくて》だとは思っていたが困ったもんだな」

「放っておいてくれ」

「いいか、クラウス。マルティナ嬢《じょう》を君の思う王妃にする方法が二つある」

「二つ？」

クラウスは少し態度を変え、身を乗り出した。

「一つは、多少強引《ごういん》ではあるが、既成《きせい》事実を作ってしまうことだ」

「な！」

「マルティナ嬢が君の子を身籠《みご》もれば恋愛禁止だなんて言っている場合ではない。唯一《ゆいいつ》の王の子を産むわけだからな。みんな認めるしかない」

「そ、そんなこと出来るわけがないだろう？」

「大丈夫《だいじょうぶ》だ。俺が見る限り、マルティナ嬢も君を慕《した》っている。いいか？　二人っきりになったら、こう手を摑《つか》んでそのまま押し倒すんだ」

アランは立ち上がりソファに座るクラウスの手首を摑み、そのまま押し倒した。

油断していたクラウスは大柄《おおがら》なアランにあっさり組《く》み敷《し》かれた。

「な！　何考えてるんだ！　よせ、バカッ！」

「遠慮《えんりょ》するな。ここはやはり経験豊富な俺が手ほどきするしかないだろう」

「本気で怒《おこ》るぞ、アラン！」

「一度は君の想いを受け止める覚悟《かくご》までした俺だ。安心して任せてくれ」

危《あや》うく手籠《てご》めにされそうになったクラウスは、慌てて本心を叫《さけ》んだ。

「よ、よせ！　私が出来ないと言ったのはそういう意味じゃない！　彼女は職業王妃という仕事に誇《ほこ》りを持っているんだ。それを奪《うば》いたくないんだ！」

「……」

　アランは組み伏《ふ》せた体勢でクラウスを見つめたまま止まった。

「私の妃にするだけなら確かに簡単かもしれない。だが、それは同時に彼女が職業王妃という職を失うことになる。それだけはしたくないんだ」

「では……彼女を職業王妃のままで？」

「そうだ。だから悩《なや》んでいるんじゃないか」

「……ならば、もう一つの方法しかないな」

「もう一つの方法？」

　アランは深刻な表情で肯《うなず》いた。

「だが、こちらの方法は普通《ふつう》の男にはとても辛《つら》い茨の道だ。サミュエル王子などは地獄《じごく》の苦しみを味わうだろう。俺も無理だと思う。耐《た》えられない……」

　アランは苦しげに首を振《ふ》った。

「そ、そんなに厳しい選択《せんたく》なのか？　それはいったい……」

　ごくりと唾《つば》を飲み込み、核心《かくしん》に迫《せま》るクラウスのそばで「こほん」と咳払《せきばら》いが聞こえた。

「？」

　組み伏せたアランと、組み伏されたクラウスが同時に顔を上げる。

「あの……。何度も声をおかけしましたが、返事がないので心配になって……」

マルティナが指をぴしりと伸《の》ばした右手で髪《かみ》を撫《な》でつけながら立っていた。

「お邪魔《じゃま》でしたら出直して参りますが……」

クラウスとアランは、慌てて体を起こして元の位置に戻《もど》った。

「い、いや、邪魔じゃない。勘違《かんちが》いしないでくれ、マルティナ」

「そうです、王妃様。私の勝手な片想《かたおも》いですので誤解なきよう……」

「アラン！」

可笑《おか》しそうに笑いを堪《こら》えるアランに、クラウスが声を張り上げた。

マルティナは戸惑《とまど》いを隠《かく》すように、もう一度「こほん」と咳払いをして口を開いた。

「実は先日、私の実家から珍《めずら》しいものをもらいまして。クレメン侯爵もいらっしゃると聞いたので先日のお礼も兼《か》ねて召《め》し上《あ》がって頂こうかとお持ちしました」

クラウスとアランは顔を見合わせ、お互《たが》いに肯いた。

「食べ物か？　分かった。いただこう」

「お気遣《きづか》いいただきありがとうございます。王妃様」

マルティナは部屋の外で待つ侍女《じじょ》達を呼んだ。

すぐにメリーがお茶のセットを載《の》せたワゴンを押して、他の侍女達が大皿を運んできた。

「これは？」

クラウスとアランは目の前に出された食べ物を珍しそうに眺《なが》めた。

まだほくほくと湯気がたっている。

「芋《いも》か？　だが赤い色をしている。それに大きいな」

「私の実家の辺りで穫《と》れる甘芋《あまいも》です。私も子どもの頃《ころ》よく食べました」

「甘芋か。私も食べたことはあるが、こんな色だったか？」

クラウスとアランはそれぞれ一つずつ手に取ってみた。

そして半分に割ってみると黄金色《こがねいろ》の芋が甘い香りを漂《ただよ》わせた。

二人は同時に齧《かじ》りつくと、目を丸くした。

「これは……なんという甘みだ。こんな芋は食べたことがない」

「口の中でとろけるな。昔食べた甘芋は、もっと固くて薄《うす》い甘みだった」

アランとクラウスは驚《おどろ》いたように甘芋を眺め回している。

「はい。私の実家は小さな領地しか持たないのですが、その小さな領地を生かすために、非常に熱心に品種改良を研究している者がいまして、最近になってこの甘芋を完成させたようです」

「育てるのは難しいのか？」

「いえ、それが種芋《たねいも》を植えておくだけでどんどん出来ると言うのです」

「それはすごいな……」

アランも感心して、美味《おい》しかったのか二つめを頬張《ほおば》っている。

「実は、私もこの品質の高さに驚き、少し調べてみました。この芋の育つ土壌《どじょう》、気候、栽培《さいばい》方法など。そしてある事に気が付きました」

「ある事？」

「私の実家の領地は、ガザの土壌と気候にとてもよく似ているのです」

「ガザの!?」

クラウスははっと気が付いた。それに応じるようにマルティナも肯く。

「なるほど……。これは……使えるかもしれないな……」

クラウスは手の中の甘芋を見ながら呟《つぶや》いた。

「次の議会は予算を決める重要なものだ。議会までに計画案をまとめられるか？　マルティナ」

「はい。お任せください」

マルティナは力強く答えた。

甘芋を食べながら二人の様子を見ていたアランはにやにやと肯いた。

「君の気持ちが少し分かったよ、クラウス」

「？」

「ただの妃にするには惜《お》しい。これほど有能な人材を失うのはギリスア国にとってとても大きな損失だ。君の考えに全面的に賛成するよ」

クラウスはアランにそうだろうと微笑《ほほえ》み返した。

「君なら分かってくれると思ったよ、アラン」

良き理解者を得て、クラウスは心強かった。

だが、スタンリー公の企《たくら》みは三人が気付かぬ間に思わぬ形で進められていた。

九章 ◆ 王代行のマルティナ

即位《そくい》して二十日が過ぎた頃《ころ》クラウスは隣国《りんごく》の王子サミュエルと狩《か》りに行くことになった。

だが王子は甚《はなは》だ迷惑《めいわく》な日程を指定してきた。

別の日ではだめかと聞いてみたものの、急に国に帰ることになったから、その日以外は難しいと言われた。

「お気をつけていってらっしゃいませ、陛下」

マルティナは馬上のクラウスを黒ドレスで見送っていた。

「うむ。今日は予算を決める重要な議会だが、そなたに任せることになって済まないな。今回は父上と母上も出席くださるようお願いしたから、困ったことがあれば頼《たよ》ればいい」

サミュエル王子が指定したのは予算案の議会の日だった。

しかもアランも同行して欲しいと名指しで頼《たの》まれた。

これはスタンリー公による企《たくら》みだろうとクラウスとアランは思っている。

おそらく御《ぎょ》しやすいマルティナの代行によって、自分に有利に予算案を進めようと思っているのだ。

「はい。太上《だじょう》王様と太上王妃《おうひ》様がいらっしゃいますので大丈夫《だいじょうぶ》です。お任せください」

マルティナはいつものように淡々《たんたん》と答えているが、クラウスは不安だった。

まだ神獣《しんじゅう》の森の件で怒《いか》りのおさまらないスタンリー公が、クラウスのいない議会でマルティナにどのような暴言を吐《は》くかしれないと心配だったのだ。

太上王と太上王妃が出席してくれるのがせめてもの救いだ。しかも……。

「クラウス様あぁ」

エリザベートが黄色い声で呼びながら駆《か》け寄《よ》ってきた。

「今日は狩りにお招きいただきありがとうございます。サンドウィッチにフルーツにクッキーなどもご用意しておりますのよ。狩りでお疲《つか》れになったら私のテントにおいでになって休んでくださいませね。お待ちしていますわ」

エリザベートは頭に羽飾《はねかざ》りのついたボンネットをかぶって、大きなリボンを首元で結んでいる。狩りというよりはご令嬢《れいじょう》のピクニックのいでたちだ。

サミュエル王子に誘《さそ》ってくれと頼まれた。うまく仲を取り持つようにと懇願《こんがん》されたのだ。

「サミュエル王子と途中《とちゅう》で訪ねることにしよう」

「嬉《うれ》しいですわ、陛下」

エリザベートはクラウスに微笑《ほほえ》んでから、勝《か》ち誇《ほこ》ったようにマルティナをちらりと見た。

マルティナは目が合って頭を下げた。

「エリザベート様もお気をつけて。陛下をよろしくお願い致《いた》します」

「ふふ。もちろんお任せくださいませ、王妃様」

エリザベートは答えると、つんと顎《あご》を上げて停《と》めていた豪華《ごうか》な馬車に乗り込んだ。

その後ろにいた侍女《じじょ》のリタも、マルティナを一瞥《いちべつ》してエリザベートを追いかけていった。

クラウスはいろいろ不安を感じながらも「では行ってくる」とマルティナに告げ、アランとサミュエル王子と一緒《いっしょ》に馬を並べて出かけていった。


昼過ぎに予算案の議会が始まった。

太上王と太上王妃は、玉座から少し離《はな》れた位置に傍聴《ぼうちょう》席のような檀上《だんじょう》の席を設けて座っている。王と王妃の後見として、この席で見守るのが基本だ。

余程《よほど》のことがない限り口出ししないことになっている。

普段《ふだん》の議会より一回り大きな円卓《えんたく》には重臣や各省の大臣がずらりと並んでいた。

マルティナは檀上の玉座に一人で座っている。淡々とした表情からは緊張《きんちょう》しているようには見えないだろうが、胸は早鐘《はやがね》を打っていた。

（陛下の期待に添《そ》えるような結果を残さなければ……）

この予算案で、クラウスは大きな提案をするつもりだった。だが出席できなくなりマルティナにすべてを託《たく》した。アランもいないこの議会で重臣達を納得《なっとく》させなければならない。

（信頼《しんらい》して任せてくださった陛下に応えたい）

そんな意気込みをもって臨《のぞ》んだ議会だった。

「皆様《みなさま》お揃《そろ》いのようですので会議を始めます。議長、お願いします」

始まりの言葉を告げるのは王の代行である職業王妃の役目だ。

「では来年度の予算案を発表します。意見のある方は後ほど挙手にてお話しください」

議長は各部の予算額をつらつらと述べていく。

「えー、まず軍事費として……。それから宮廷費《きゅうてい》として……」

大まかな数字は例年通りだ。特に荒《あ》れることもなく議長が報告していく。

その後で特別予算をいくつか計上した。

大きな式典や大規模な工事について予算を組む。例えば今年度で言えばクラウスの即位の式典や結婚式《けっこんしき》。それに兵舎の改修工事などだ。

「ではご意見のある大臣は挙手してください」

ほとんどの大臣は挙手した。

そしてあれこれと理由をつけて予算の増額を希望する。

それぞれの大臣が予算の増額を狙《ねら》って、激しいバトルが繰《く》り広《ひろ》げられるのだ。

マルティナはメモをとりながら、黙《だま》って会議の行方《ゆくえ》を見守っていた。

誰《だれ》も王代行のマルティナに意見を求めようとはしない。形だけのお飾りだった。

そして一通り激しいバトルが収まったころ、玉座の鉦《かね》がカンと鳴《な》り響《ひび》いた。

大臣たちは驚《おどろ》いた顔でマルティナに注目する。

「ほう。これは珍《めずら》しい。王妃様が意見されますかな?」

にやにやと言い放つのは、やはりスタンリー公爵《こうしゃく》だった。

「発言してもよろしいでしょうか、議長」

マルティナは右手で黒髪《くろかみ》を撫《な》でつけ、無表情のまま議長に尋《たず》ねた。

「ど、どうぞ」

議長は不穏《ふおん》な空気にも顔色一つ変えず申し出るマルティナに、慌《あわ》てて許可を与《あた》えた。

マルティナは見事な姿勢で立ち上がると、重臣達を見下ろし口を開く。

「特別予算に一つ提案がございます」

「ほほう。是非《ぜひ》ともお聞かせくださいませ、王妃様」

スタンリー公が試《ため》すように言い放った。

「皆様ご存じの通り、北のガザの地は先日の大洪水《だいこうずい》で大きな被害《ひがい》を受けました。その復興に特別予算を組んで頂きたいのでございます」

マルティナはぴしりと言い切った。

だがすぐに高笑いが響く。

「ははは！　何を言うのかと思えば、あんな田舎《いなか》の領地にこれ以上予算を組んでどうするのですか？　もちろん我が領地ゆえに予算を頂けるならありがたいですが、それならもっと他に有効な使い途《つかみち》がございますでしょう」

他の重臣達も不満たっぷりにスタンリー公に同調した。

「だいたいガザの件では勝手に王宮の倉庫から食料を持ち出し、有能な医師と役人も連れ出したと言うではないですか。すでに臨時予算を使い切っているでしょう」

「そうですよ。そもそも本来領地内で解決することではないのですか？　そのために領主がいて、高い地税を取り立てているのです。領主は何をしていたのですか？」

重臣達の不満は、領主のスタンリー公に向けられる。

「わ、私は頼んでない。勝手に王妃様がガザに視察に向かわれ、王宮の在庫を持ち出したのです。私が充分《じゅうぶん》な救援《きゅうえん》物資を送っていたのに、民《たみ》の人気を得ようと思ったのか、勝手なことをされたのです。このように誤解されて迷惑しているのです」

充分な物資など送っていなかったが、スタンリー公は平然と言い切った。

重臣達の怒りの目は再度マルティナに向けられた。

マルティナは深呼吸を一つして、毅然《きぜん》と反論した。

「食料や役人については、陛下の許可を頂いております。ガザの領民は、陛下の早急《さっきゅう》な救援に非常に感謝しておりました。あれは必要な支援《しえん》でございました」

「ふん！　自分の手柄《てがら》だと言いたいのですか？　だが王妃様のした事は、国の財産を使い込んだだけです。そんなことは誰でもできる」

スタンリー公は憤然《ふんぜん》とマルティナに反論した。

しかしマルティナは一拍《いっぱく》置いて、とんでもないことを言い放った。

「国の財産を使い込んだと仰《おお》せなら、それを倍にして領主に返して頂きましょう」

「な⁉」

スタンリー公は何を言い出すのだこの女は、と言いたげに憤怒《ふんぬ》の形相になった。

「バ、バカを言うな！　勝手に物資を送っておいて、倍にして返せだと？」

すでに王妃に対する敬意も忘れていた。だがマルティナは平然と答える。

「はい。今回の特別予算も、いずれ倍にして返して頂きます」

「は、はは……。王妃様は何を言っているのですかな？　勝手に国の財産を使い込み、勝手に予算を組んで、倍にして返せだと？　これは何かの嫌《いや》がらせですか？」

他の重臣達もマルティナの突拍子《とっぴょうし》もない発言にざわざわしている。

「王妃様はどうも我が娘《むすめ》エリザベートが王様と懇意《こんい》にしていることを妬《ねた》んでおられるようですな。今日の狩りにもエリザベートだけを誘い、王妃様は置き去りにされてお腹立ちなのでございましょう。だからといってこのような無茶なご提案をされるとは、公正さを重視する職業王妃様がそのようなことで良《い》いのですかな？」

重臣達はそういうことかとこそこそ囁《ささや》き合って、呆《あき》れたようにマルティナを見た。

しかしマルティナは右手で髪《かみ》を撫でつけ、動じる様子もなく口を開いた。

「嫌がらせなどではなく、倍にして返す方法があるのです」

議場にはスタンリー公爵の高らかな笑い声が再び響いていた。

「ははは。そんな方法があるならおっしゃってくださいませ。足りなければ王妃様がご実家に頼んで工面して頂けるのですかな？」

マルティナは意外にもスタンリー公の言葉に肯《うなず》いた。

「私の実家には少し協力してもらおうと思っています」

「ははは。失礼ながら王妃様のご実家ごときの田舎領地では、すべて売りさばいても集められるような金額ではございませんよ」

スタンリー公爵は暗にマルティナが貧乏《びんぼう》貴族だと言っている。

「いいえ。領地を売りさばくのではありません。種を分けてもらうのです」

「種？」

みんなが首を傾《かし》げた。

「ええい、訳が分からぬ！　何のことを言っているのだ‼」

スタンリー公爵が声を荒《あら》らげた。

マルティナは大きく息を吸い込み、最初から説明した。

「私の住んでいた田舎は確かに狭《せま》い領地しかなく、米作りには向かない土壌《どじょう》と気候でした。それゆえ農夫達は工夫《くふう》を凝《こ》らし、民達すべての空腹を満たし豊かに暮らすために作物の研究を重ねていました。そして幸いなことに非常に優秀《ゆうしゅう》な研究者がいたのです」

重臣達は少し興味を持ったようにマルティナの話に聞き入った。

「彼は品種改良を重ね、私が子どもの頃食べたよりもずっと甘くて美味《おい》しい甘芋《あまいも》を作ることが出来るようになったのでございます」

「な、何の話をしているのだ！　それがガザの特別予算と何の関係があるのだ！」

スタンリー公爵はいらいらと言い立てる。

マルティナはそれを軽く受け流して続けた。

「先日ガザの視察に行った際に思ったのでございます。川の氾濫《はんらん》で肥えた土地で、あの甘芋を育ててはどうかと。幸いにもガザは私の田舎と似たような気候と土色をしております。うまくいけばガザの特産品となって国全体を潤《うるお》してくれるのではないかと思ったのです。この案につきましては陛下にも強く賛同して頂いています」

重臣たちはクラウスも賛同していると聞いて顔を見合わせた。

「特産品か……」

今まで黙っていた太上王が興味を示したように呟《つぶや》いた。

「その作物を育てる見通しは立っているのですか？」

太上王妃も深く肯《うなず》いてマルティナに尋ねた。

「はい。調べたところ種芋《たねいも》を肥えた土に埋《う》めるだけで、短いサイクルでたくさんの収穫《しゅうかく》を得ることができるようです。農法につきましては、私の田舎の農夫に協力してもらうようすでに領主である父と農夫に了承《りょうしょう》を得ています。非常に栄養価の高い美味な作物ですので、各地に広めていくことができれば食料不足の解決にもつながるかと思います」

太上王妃は一つ一つ肯きながら、マルティナの話を丁寧《ていねい》に聞いている。

「そのためには大規模な治水・灌漑《かんがい》工事が必要かと思われます。ですがそれにより洪水《こうずい》被害も防ぐことが出来たなら、二倍にも三倍にも利のあることと思うのです。ゆえにガザの復興に特別予算を組んで頂きたいのです。ガザの地はしばらく国の管理の下《もと》、特産品のテストモデル地として開発を進め、充分な利益を生んで特別予算を返したところで領主の下に返してはどうかと思います」

スタンリー公にとっても、しばらく農作物の収穫が望めないガザの地はお荷物でしかない。それを国に預け、利のある土地にして返してもらえるなら文句はないはずだ。

「……」

マルティナが言い切ると、重臣たちのマルティナへの眼差《まなざ》しが変化していた。

みな感心したように肯き合っている。

「太上陛下、非常に面白《おもしろ》い案だと思いましたが、どうでしょうか？」

太上王妃が言うと、太上王も深く肯いた。

「うむ。やってみる価値はあるかもしれぬな」

太上王と太上王妃が賛成すると、一気に流れはマルティナのものになった。

「おお、さすが聡明《そうめい》な職業王妃様だ」

「いやあ、長年太上王妃様が手塩にかけて育てて来られたお方は違《ちが》います」

「こんな方がお側《そば》にいれば王様も安心ですな」

口々にマルティナに賛同してくれた。

マルティナはほっと胸を撫で下ろした。

（陛下の代行をちゃんとできたかしら？　陛下は喜んでくださるかしら）

クラウスが喜ぶ顔を想像すると、マルティナの胸に達成感が湧《わ》き上《あ》がる。

（私は……陛下のお役に立てた？）

そう考えるだけで言いようもないほどの幸福に満たされるような気がした。

そしてスタンリー公爵だけが、憎々《にくにく》しげにマルティナを睨《にら》みつけていた。

十章・ショックを受けるマルティナ

職業王妃《おうひ》としての仕事を認められることは、マルティナにとっては何より嬉《うれ》しいことだ。

それが子どもの頃《ころ》からの夢であり目標だったのだから。

そして大事な案件をマルティナに任せてくれたクラウスの期待に応えられたことが嬉しい。良い仕事ができたという達成感に満たされていた。

「よろしゅうございました、マルティナ様。いえ、マルティナ様なら当然の結果でございますわ」

メリーは休憩《きゅうけい》のお茶を出しながら会議の結果を聞いて自分のことのように胸を張った。

「やはり聡明《そうめい》な太上《だじょう》王妃様は分かっていらっしゃったのですわ。有力な重臣の後ろ《うし》盾《だて》があるリタ様よりもマルティナ様の方が王妃に相応《ふさわ》しいと」

「それはどうか分からないけれど、今日仕事をしてみて分かったわ。私は職業王妃の仕事が好きなの。陛下を支えることも、その仕事を補佐することも」

「ええ、ええ。マルティナ様ほど職業王妃が天職の方はいませんわ！」

「陛下《か》が狩りから戻《もど》られたら早速《さっそく》報告に行かなければ。陛下はきっと喜んで下さるわね」

「ええ。もちろんですわ。王様はきっとマルティナ様をかけがえのない王妃様だと認めてくださるでしょう」

メリーの言葉にマルティナは勇気が湧《わ》いた。

そうしてクラウスの帰りを今か今かと待ちわびた。

やがて夕刻になって王が狩りから戻ったらしいという知らせを聞くと、さっそくマルティナはクラウスの部屋に向かう。その途中《とちゅう》の広いホールで大勢の人の群れを見つけた。

護衛兵が弓と矢を持ち、馬具や帽子《ぼうし》を持った執事《しつじ》たちがぞろぞろと歩いている。

狩りに同行していた護衛や従者がつき従っているのだろう。

マルティナはその人の群れを追いかけ、声をかける。

「陛下」

従者たちが振《ふ》り向《む》き道を開く。

開けた道を進んでようやくクラウスの背を見つけたマルティナは、もう一度呼びかけた。

「陛下!」

しかし振り返ったクラウスを見て、立ち止まる。

激しい衝撃《しょうげき》がマルティナを貫《つらぬ》いていた。そこには……。

エリザベートを大切そうに両手で抱《だ》きかかえたクラウスが立っていた。

「陛下……」

そう呟《つぶや》いたまま、マルティナは言葉を失っていた。

「マルティナ……」

クラウスはエリザベートを抱き上げたまま、気まずい顔になった。

「……」

無言のマルティナに聞かせるように、エリザベートが甘えた声を出す。

「クラウスさまあ。もっと強く抱きしめて下さいませ。落ちてしまいそうですわ」

「あ、ああ。すまない」

クラウスは言って、エリザベートを抱《かか》え直した。

その首にエリザベートのやけに白く艶《なま》めかしい両手が甘く巻き付いている。そしてクラウスの肩《かた》に頭を預けて熱い眼差《まなざ》しで見つめ合っている……ように見えた。

マルティナは頭の中が真っ白になって、何を話しにきたのか忘れてしまった。

職業王妃はどんな時も冷静であれと、幼少より教育されてきた。

今もいたって冷静な無表情だ。

だが心の中は訳の分からない動揺《どうよう》で騒《さわ》がしい。

世界がひっくり返ったほど動揺しているのに、何に動揺しているのか分からない。

王がいずれ妃《きさき》を迎《むか》え入《い》れることは分かっている。それがエリザベートになるだろうということも覚悟《かくご》していた。妃になるというのがどういうことなのかもある程度理解している。

けれどその生々しさを目の当《まあ》たりにしたようなショックを感じた。

「早く寝室《しんしつ》に連れていって下さいませ、クラウス様」

「わ、分かっている。でもマルティナが……」

クラウスは、突《つ》っ立《た》ったままのマルティナに困ったように視線を向けた。

「マルティナ。これは……」

何かを言いかけたクラウスだったが、それを打ち消すようにマルティナが口を開いた。

「突然《とつぜん》お呼びたてして失礼致《いた》しました」

マルティナは動揺を落ち着けるように、右手をぴしりと伸《の》ばして黒髪《くろかみ》を撫《な》でつける。

全神経を総動員させて、揺《ゆ》れる感情を無表情の中に押し込んだ。

「本日の会議のご報告をと思いましたがお取《と》り込《こ》み中のようですので後ほど改めて参ります」

「いや、マルティナ。お取り込み中って……」

クラウスが言いかける言葉を遮《さえぎ》り、マルティナは再び告げる。

「それでは今宵《こよい》はごゆるりとお二人でお過ごしくださいませ」

言い切ると、機械仕掛《じか》けのような回れ右をして背を向けた。

「え、ちょっ……マルティナ!!」

呼び止めるクラウスにも答えず、マルティナは右手と右足を兵隊のように真っ直《ます》ぐそろえて、ぎこちなく立ち去っていった。

「マルティナ！」

何度クラウスが呼び止めても、立ち止まることはなかった。

そしてすっかり見えなくなってから、エリザベートが告げた。

「クラウス様、早く寝室に運んでくださいませ。足が痛いですわ」

「わ、分かっている。元はと言えば君が狩り場までのこのこと出てくるからこんなことになったんじゃないか。あれほど危ないから近付くなと言ったのに」

「だってえ、クラウス様がいつまで待ってもテントの方に来て下さらないんですもの。まだ狩りは終わらないのかと様子を見に行っただけですわ」

そうしてクラウスが追い立てた鹿とぶつかりそうになり、足をくじいた。

一応自分のせいでエリザベートが怪我《けが》をしたと責任を感じたクラウスが、こうして貴賓《きひん》室の寝室まで抱きかかえて運んでいた。サミュエル王子に代わってもらおうと思ったのだが、エリザベートが頑《がん》としてクラウスでなければ嫌《いや》だと言い張ったのだ。

「王妃が何か勘違《かんちが》いをしたかもしれない」

クラウスは今すぐマルティナを追いかけて弁解したかった。

「いやだわ、クラウス様。王妃様が勘違いして困ることでもありますの？　王妃といえども愛のない職業の妃ですのに」
「……」
クラウスは現実に引き戻された。
さっきのマルティナが傷ついた表情に見えた気がしたが……。
それは自分の願望が見せた思い込みなのかもしれない。
マルティナはエリザベートを抱き上げているクラウスに何も尋《たず》ねなかった。
よくよく思い出してみれば、いつもと変わらない無表情だった。
マルティナはいつだって自分など眼中になかった。
いや……眼中にはあった。
だがそれはあくまで職業王妃が仕える王としてのクラウスだ。
一人の男としてのクラウスなど、マルティナの中に存在すらしていない。
「……そうだったな……」
クラウスは淋《さみ》しげに呟いて、貴賓《きひん》室に入っていった。

「マルティナ様っ‼　そのお顔はどうなさったのですか？」

部屋に戻ると、メリーが驚《おどろ》いた様子で駆《か》け寄《よ》ってきた。

「顔？　何かついている？　いつもと同じはずだけど」

心の中は動揺でいっぱいだが、表情は変えなかったはずだ。

誰《だれ》にも動揺など気付かせなかった。

いつも通り無表情を保ったまま部屋に戻ってきたはずなのに。

マルティナはぴしりと右手の指を伸ばして、いつものように黒髪を撫でつけた。

「マルティナ様……気付いてないのですか？」

だがメリーは呟いた。

「気付いてないって何のことかしら？」

マルティナは首を傾《かし》げた。

「泣いておられます」

「え？」

マルティナは驚いて自分の頬《ほお》を手でぬぐった。

そこには確かに湿《しめ》った道筋が出来ていた。

慌《あわ》てて両手で頬をぬぐう。

「あ、あら、嫌だわ。風邪《かぜ》気味だと思ったら、こんなところに鼻水が……」

「マルティナ様の鼻水は目から出るんですか？　誤魔化《ごまか》さないでくださいまし」

メリーはじっとマルティナを見つめた。

「王様のところに行かれたのですよね？　なにかひどい事を言われたのですか？」

だがマルティナは力なく首を振った。

「いいえ。そうではないの。陛下とはお話しできなかったの」

「なぜですか？　話したくないと言われたのですか？」

「違《ちが》うわ。そうじゃなくて、私が今日はご遠慮《えんりょ》すると申し上げたの」

「どうしてですか？　大事な会議の報告もしなかったのですか？」

「ええ……そうね。後ほどと言ってしまったわ」

「マルティナ様らしくありませんわ。会議の報告はなるべくすぐにが鉄則ではありませんの？　職業王妃としての公務に関することは一歩も引かないマルティナ様ですのに」

「そうなのだけど……。今日はお邪魔《じゃま》をしてはいけないかと……」

「お邪魔？　何のお邪魔でございますか？　いつものマルティナ様なら王様が側近のアラン様と歓談《かんだん》中でも割り込んでなさっていたではありませんか」

マルティナは困ったように呟いた。

「いくら私でも無理よ」

「何が無理なのでございますか？」

メリーに問《と》い詰《つ》められ、マルティナは両手で顔を覆《おお》って首を振った。

「だって陛下はエリザベート様を抱いていらして……」

「だ、だだ、だだだだ、抱いて⁉」

メリーは思わず大声で叫《さけ》んだ。

「王様がエリザベート様を？　ま、まま、まさか‼」

「本当よ。この目でちゃんと見たのだから。陛下が寝室へ……」

「寝室で⁉　み、みみ、見たのですか？」

思い込みのあまり、語尾《ごび》を聞き間違《まちが》えたが、二人とも気付いてはいない。

そしてメリーは半分ショック、半分好奇心《こうきしん》いっぱいにごくりと唾《つば》をのんだ。

「本当にお二人のそのような……そのような現場を……」

「ええ。見たわ。この目ではっきりと」

「ど、どのような体勢で……。あ、いえ。なんてことでしょう。お二人の仲がそこまで進んでいたなんて……」

メリーは好奇心をぐっと押し込め続けた。

「もちろん職業王妃である限り、いずれは王様がお妃様をお迎えになることも承知でしたけれど、まさかその相手がエリザベート様だなんて……。王様は女嫌《おんなぎら》いとは聞いていましたが、女性を見る目がまったくございませんのね！　今までマルティナ様がエリザベート様やスタンリー公に散々なことを言われて耐《た》えていらっしゃったことも、何も気付いていらっしゃらなかったのだわ」

　メリーはぶつぶつ言いながら落ち着かない様子で部屋の中を歩き回り、最後にマルティナに叫んだ。

「そんなの納得《なっとく》できませんっ!!　王様には今回ばかりは失望しましたわ！」

　そう言われてもマルティナにもどうにもできない。

　そしてマルティナは遠慮がちにメリーに尋ねた。

「メリー。その……聞いてみるのだけど。殿方《とのがた》がご婦人を抱くというのは、やっぱりその……そういう関係で間違いはないのね？」

　王妃としてあらゆる情報に精通し、重臣たちとも対等に議論をかわすだけの知識を持つマルティナだったが、色恋《いろこい》の情報だけは疎《うと》かった。

　それは純潔の王妃として不要なもの。あるいは知りすぎることは害悪のように感じていた。未来永劫《えいごう》、縁《えん》のない情報に精通する必要などない。

　それに深く掘《ほ》り下《さ》げて知ってしまうと、とてつもなく不幸になってしまうような予感がしていた。だから、男女の色恋の情報は、事実確認《かくにん》だけで聞き流すようにしてきた。

　だが、さすがに今回は聞き流すだけにはできない。

「マルティナ様、落ち着いて聞いてくださいまし」

　メリーはそんなマルティナに現実をきちんと伝えねばばと思った。

「殿方がご婦人を抱くということは……いえ、王様が身分あるご婦人とそのような関係になったということは、妃の一人になったということでございます」

「妃……。ではエリザベート様は……」

「はい。なぜなら、王様のお子ができるかもしれないからです」

マルティナはメリーの言葉に仰天《ぎょうてん》した。

「子？　お子ができるの？　陛下のっ⁉」

職業王妃として喜ぶべきことなのかもしれないが、ショックの方が数倍大きかった。

「し、知らなかったわ……。ご婦人を抱き上げただけでお子ができるだなんて……」

「ん？」

メリーは、今なにか聞き捨てならない言葉を耳にしたような気がしたが、まさかな……という思いで疑問を封印《ふういん》した。

十一章◆想定外のクラウス王

貴賓室《きひんしつ》では、朝早くからエリザベートが身支度《みじたく》を整えていた。

ゆうべ足が痛むと言って、結局、王宮の貴賓室に侍女《じじょ》のリタと共に泊《と》まり込んだ。

「それにしても昨日の王様とエリザベート様はおとぎ話の王とお姫様《ひめさま》のようでした」

リタはエリザベートの髪《かみ》を高く高く結《ゆ》い上《あ》げながら、うっとりと告げた。

「普段《ふだん》は冷たい王様が、エリザベート様が鹿に襲《おそ》われていると気付くや否《いな》や、颯爽《さっそう》と馬から飛び降り、恐《おそ》ろしい獣《けもの》から姫君《ひめぎみ》を救ったのでございます。それはもううっとりするような雄姿《ゆうし》でございましたわ。エリザベート様の危機を知って、いつもクールに装《よそお》う王様も、思わず秘めた想《おも》いが出てしまったのでしょう」

リタの盛《も》りに盛った回想話を、エリザベートは丸ごと受け止めた。

「うふふ。やはり周りからはそんな風に見えてしまったのね。クラウス様があれほど情熱的に想って下さっていたなんて、私も驚《おどろ》いてしまったわ」

エリザベートもうっとりと昨日の出来事を思い返していた。

「おそらく王様はサミュエル王子というライバルが現れて焦《あせ》ったのですわ。エリザベート様を隣国《りんごく》の王子などに奪《うば》われてはならないとご自分のお気持ちを表現なさったのですわ」

「そうかもしれないわね。サミュエル王子が以前から私をお気に召《め》してらしたことは気付いていたもの。昨日も王様の前で馴《な》れ馴れしく話しかけられて迷惑《めいわく》したわ」

エリザベートはモテ過ぎて困ると言わんばかりに首を振《ふ》ってみせた。

「私は実はアラン様もエリザベート様をお好きなのではと感じていました。だってエリザベート様への気遣《きづか》いが行き届き過ぎていますもの」

アランは誰《だれ》にでも気遣いが行き届いているのだが、夢想に耽《ふけ》る姫君の勘違《かんちが》いは続く。

「まあ！　アラン様まで？　それは気付かなかったけれど、充分《じゅうぶん》ありえる話だわ」

「アラン様は、王様の気持ちを密《ひそ》かに知っていらして、遠慮《えんりょ》していらっしゃったのですわ。ご自分は身を引いてお二人の幸せを見届けようとしていらっしゃるのです」

「まあ。そうだったのね。アラン様の気持ちに気付いてあげられなくて、私はなんて罪深い女性なのでしょう」

すっかり愛され過ぎるヒロインになり切ってしまっている。

「サミュエル王子もアラン様も捨てるには惜《お》しい方々ですが、王様を射止めるためには仕方ありませんわ。このまま一気に王様の心を鷲掴《わしづか》みにしてくださいませ」

リタはぐっと拳《こぶし》を握《にぎ》りしめた。

「ええ。分かっているわ。クラウス様が私への気持ちを隠《かく》し切れなくなっている今こそチヤンスよ！　寝起《ねお》きのクラウス様を私の色気で落としてみせるわ」

「ええ。胸元《むなもと》の広くあいたドレスで、最高に美しく着飾《きかざ》りましょう。これで王様もエリザベート様にいちころでございますわ」

ふふ、と二人は顔を見合わせてにやりと笑った。


同じ頃《ころ》、マルティナは初代シルヴィアの肖像《しょうぞう》画の前で手を組み、祈《いの》りを捧《ささ》げていた。

王宮の廊下《ろうか》に壮大《そうだい》に飾《かざ》られた肖像画には、黒いドレスを着て左手に分厚い本を持ち、右手の指はぴしりと伸《の》ばして黒髪《くろかみ》を撫《な》でつけているシルヴィアが描《えが》かれている。

「偉大《いだい》なるシルヴィア様。昨日の私はどうかしておりました。いえ、最近の私はどうも冷静さを欠いているようでございます。職業王妃《おうひ》でありながら人前で涙《なみだ》を流すなどと、とんでもない失態でございました」

男子禁制の養成院で育ったマルティナは、形だけとはいえ男性と結婚《けっこん》し心が触《ふ》れ合《あ》う日々を過ごすというのがどういうことなのか、分かっていなかった。

それもこれも、自分の修業《しゅぎょう》不足がまねいたことだと深く反省していた。

「ゆうべ一晩かけて我が心の未熟さを戒《いまし》め、職業王妃としての仕事を全うすべく、気持ちを引《ひ》き締《し》め直しました」

一晩かけてあらゆる事態を想定してみて、何が起こっても動揺《どうよう》しないように訓練した。

エリザベートとの一夜をそこはかとなく匂《にお》わせるクラウス。

神獣の森の時のように突如《とつじょ》情熱的な目でマルティナを見つめるクラウス。

半裸《はんら》で色気いっぱいにフェロモンを出してマルティナの耳元で甘い言葉を囁《ささや》くクラウス。

マルティナは目を瞑《つぶ》り、ゆうべの訓練を心の中で反芻《はんすう》した。

最後の半裸クラウスには、まだ多少の動揺を感じたものの慌《あわ》てて振り払《はら》う。

そして目をかっと開け、いつものように右手の指をぴしりと伸ばし黒髪を撫でつける。

「大丈夫《だいじょうぶ》です。もうどんな陛下でも、どんとこい、でございます。今日の私は昨日までの未熟な私と違《ちが》いますわ、シルヴィア様。きちんと職務を全うして参ります」

すっかりいつもの自信を取《と》り戻《もど》し、マルティナはクラウスの部屋に向かった。


「失礼致《いた》します、陛下。お目覚めでしょうか？」

専属執事《しつじ》すらまだ来ていない早朝だった。執務《しつむ》室の隣《となり》に続く寝室をノックした。

本来昨日のうちに報告すべき内容ゆえに、今日の公務が始まる前に伝えねばならない。

たとえ、この寝室にエリザベートがいたとしても……。

もう動揺して逃《に》げたりしない。

寝乱《ねみだ》れている二人を前に、顔色一つ変えず昨日の会議の報告をする覚悟《かくご》はできていた。

まだ寝ているなら、起きるまでドアの前で待つつもりだった。

だが幸いにもすぐに中から返事があった。

「マルティナか。入れ」

できれば寝室に入るよりもクラウスが執務室に出てきて欲しかったが仕方がない。半裸でエリザベートに腕枕《うでまくら》をするクラウスを頭の中に浮《う》かべ「よし！」と覚悟を決めた。

「お休み中、失礼致します、陛下」

完璧《かんぺき》な無表情を作りドアを開けた。

「……」

崖《がけ》から飛び降りるぐらいの覚悟でドアを開けたつもりのマルティナだったが……。

「お一人でございますか？」

エリザベートの姿はなかった。ラフな夜着姿だが、半裸でもない。

すでに起きていたのか、ベッドに腰《こし》掛けてこちらを見ていた。

「当たり前だろう？　他に誰がいるというのだ」

クラウスは少しむっとして答えた。

「それはもちろん……」

エリザベートと答えようとして口ごもった。

そしてすぐに自分のすべき使命について思い出した。

「お一人なら良かったですわ。ではさっそく昨日の会議の報告をさせて頂きます」

マルティナは右手の指をぴしりと伸ばして黒髪を撫でつけ、報告を始めた。

昨日の会議で決まったことを順に報告し、最後にガザの特別予算についての案件を報告した。すぐにクラウスが反応する。

「そうか！　ガザの特別予算を重臣達に納得《なっとく》させたのか。よくやったな、マルティナ」

「はい。陛下の賛同を頂いていると話すと、重臣達も納得してくれました。陛下のご理解があってのことでございます」

「いや、マルティナでなければ思いつかなかった。君もスタンリー公がガザを見捨てるかもしれないと危《あや》ぶんでいたのだろう？　ガザの民《たみ》達を助ける方法を常に考えていたからこそ甘芋《あまいも》の発想が出たのだと思う。君の民達への愛ゆえだ。民に代わって礼を言う。ありがとう、マルティナ」

「陛下……」

あえて話してはいなかったが、クラウスはマルティナの思惑《おもわく》のすべてに気付いていた。

最初からすべてお見通しだったのだ。それでいて、マルティナの功績を認め、民のために頭を下げてくれる。その心遣《こころづか》いに感激した。

訓練のためとはいえ勝手にいろんなクラウスを想像していたが、やはり尊敬すべき方だったと、愚《おろ》かな妄想《もうそう》をしていた自分が恥《は》ずかしくなる。

「では以上で報告は終わりです。朝早く失礼致しました」

マルティナは頭を下げて部屋を出ようとした。

その背に向かってクラウスは叫《さけ》んだ。

「だが……一つだけ改善すべき点があるな」

マルティナは驚いて振り向いた。

「な、なんでございましょう？　何か重大なミスを犯《おか》していましたか？」

何をしただろうかと考え込んだ。

クラウスは少し不満げに続けた。

「なぜ大事な会議の報告を昨日のうちにしなかった？」

「そ、それは……」

エリザベートと熱く過ごすクラウスを邪魔《じゃま》したくなかった、とは言えない。

「私は昨日、君が報告に来るのをずっと待っていた」

クラウスはマルティナが来たら、きちんと弁明しようと思っていた。

もしも変な誤解をしてマルティナがショックを受けていたらどうしようかと気をもんでいたのだ。会ったらどう説明しようかと考えて一睡《いっすい》もできなかったというのに……。

そんなクラウスの気も知らず、いつもと変わらぬ職業王妃の顔で仕事の報告だけをするマルティナを少しだけ困らせたくなった。

「も、申し訳ございません。昨日のうちに報告すべきでした」

マルティナは素直《すなお》に謝った。

「私がエリザベートを抱《だ》き上げていたことを気にしているのか？　だったら……」

「い、いえ！　昨日のエリザベート様とのことでしたら、分かっております」

マルティナは右手で髪を撫でつけ無表情を意識して答えた。

「なにか聞いたのか？」

クラウスは従者達からすでに事情を聞いていたのかと思った。

「ええ。（メリーに）聞きました。私もその程度のことに騒《さわ》ぎ立《た》てたりしませんわ」

本当は一晩じゅう心の中は大騒ぎだったが、平静を装ってみせる。

「そうか。ならいいんだ」

クラウスとしては、少しは動揺したり騒ぎ立てたりして欲しかったが、とりあえず誤解してないなら良かったと思った。

「ではこれで……」

再び立ち去ろうとしたマルティナに、クラウスは立ち上がって一歩近付いた。

マルティナは慌てて一歩下がる。

「せっかく部屋に来てくれたのに、このまま帰したくないな」

「な⁉」

それはまさに、半裸ではないがフェロモンを出して耳元で囁くクラウスだった。

マルティナは大急ぎで昨晩の特訓を思い出して、かっと目を見開いた。

（こ、ここ、この程度のことに怯《ひる》んだりしないわ。妄想の陛下はもっと色っぽい半裸姿で迫《せま》ってきたのよ。大丈夫よ、マルティナ。冷静になるのよ）

強い意志で対抗《たいこう》しようとしたマルティナだったが……。

（だ、だめだわ……。現実の迫力《はくりょく》は想像を遥《はる》かに超《こ》えている……）

少し乱れた金髪《きんぱつ》も、憂《うれ》いを帯びたような青い瞳《ひとみ》も、想像を遥かに凌駕《りょうが》している。

くらくらと眩暈《めまい》を感じながらマルティナは後ずさった。

一歩二歩と歩み寄るクラウスと、一歩二歩と後ろ歩きをするマルティナ。

「先日のジュエルチンチラの森のように笑ってみせてくれないか？」

「そ、そ、それは職業王妃の職務にはございません」

つかつかと近付くクラウスと、つかつかと後ろに下がるマルティナ。

「ではもう一度髪を下ろしてみてくれないか？　朝の光の中で見てみたい」

「こ、困ります！　それも職務外でございます」

タッタと早歩きで近付くクラウスに、タッタと早歩きで後ろに下がるマルティナ。

まさか、あの日の特訓がこんなところで成果を出そうとは。

どんなに近付こうとしても、猛《もう》スピードで器用に後ろに下がっていくマルティナに意表を突《つ》かれながらも、クラウスはずんずんと歩み寄った。

そしてついに壁際《かべぎわ》にまで追《お》い詰《つ》めた。

壁に行き当たり横に逃げようとするマルティナの前に、クラウスの逞《たくま》しい腕《うで》がだんっと通せんぼをする。

ひゃっと驚いて反対側から逃げようとすると、もう一方の腕がだんっと伸びた。

すっかり囲い込まれて、マルティナは驚いた顔でクラウスを見上げた。

その澄《す》んだあどけない瞳を見つめていると、クラウスの中に込《こ》みあがる想いがあった。

「マルティナ……。私は……ずっと……」

「陛下……」

お互《たが》いの瞳から目が離《はな》せない。

ほんの一瞬《いっしゅん》、目だけで通じ合えたような気がした。

「マルティナ……」

しかしその時……。

「こんなところで何をしているのですか!! 王妃様っ!!」

エリザベートがドアを開け、荒々《あらあら》しく叫んでいた。

十二章◆エリザベートの策略

マルティナが重厚《じゅうこう》な扉《とびら》を開け部屋に入ると、檀上《だんじょう》の謁見席《えっけん》に太上《だじょう》王と太上王妃《おうひ》が揃《そろ》って座っていて、その前にはエリザベートが立っていた。

「お待たせして申し訳ございません、太上王様、太上王妃様」

マルティナは一礼してエリザベートの隣《となり》に並んだ。

午前の職業王妃の業務を終わらせた休憩《きゅうけい》時間に、突然《とつぜん》太上王妃に呼び出された。

「なぜ呼ばれたのか分かっていますね、王妃？」

太上王妃が告げて、エリザベートが勝《か》ち誇《ほこ》ったようにマルティナを見ていた。

「畏《おそ》れながら……今朝方、陛下のお部屋にいたことでございますか？」

エリザベートがいるということは、そうなのだろうと思った。

やけに胸元《むなもと》の開いたドレス姿のエリザベートは、マルティナに怒鳴《どな》りつけた後「こんなこと許さない」と呟《つぶや》いて、呼び止めるのも聞かずに行ってしまった。

何をどう許さないのだろうかと思いつつも、その後マルティナは公務に戻《もど》った。

こういう事だったのかと、最悪の展開になったと口元を引《ひ》き締《し》めた。

「エリザベートの話では、まだ執事《しつじ》もいない早朝に王の寝室《しんしつ》に入り込み、体を寄せて迫《せま》っていたと言うではありませんか。本当なのですか、王妃？」

「……」

妙《みょう》な脚色《きゃくしょく》が入っていると、マルティナは驚《おどろ》いてエリザベートを見た。

「王も呼んで事情を聞こうと思いましたが、朝からクレメン侯爵《こうしゃく》のところに出掛《でか》けているようです。だから反論があるならあなたが答えなさい。王妃」

「……」

マルティナはどう答えるべきなのかと目まぐるしく考えていた。

二人の間で交《か》わした会話をすべて正直に話したなら……。

『せっかく部屋に来てくれたのに、このまま帰したくないな』

『先日のジュエルチンチラの森のように笑ってみせてくれないか？　朝の光の中で見てみたい』

『ではもう一度髪《かみ》を下ろしてみてくれないか？』

一言一句違《たが》わず、まだマルティナの耳に残るクラウスの言葉は、どれも職務違反《いはん》を疑うようなものばかりで……思い出しただけで胸が高鳴る。

その胸の高鳴りが後ろめたく、マルティナは何も答えられずにいた。

「いくら職業王妃といえども王の寝室に朝早くから行くのはどうかと思うぞ」

太上王は非難を込《こ》めてマルティナに言う。

「本当に王の寝室に行ったのですか、マルティイナ？」

太上王妃はいくぶん冷静に、養成院にいた頃《ころ》のように名前で呼びかけた。

「は、はい。昨日、会議の報告ができず、今日の公務が始まる前にお伝えしようと思いました。軽はずみな行動を致《いた》しました。申し訳ございません」

マルティイナの返答を聞いて、太上王妃はため息をついた。

「本当に軽はずみでしたね。職業王妃の廃止《はいし》を叫《さけ》ぶ貴族も多い中、その理由付けとなる格好の材料を与《あた》えてしまいました」

「申し訳ございません」

エリザベートと共寝《ともね》しているクラウスばかりを想像していたため、自分が噂《うわさ》の元になるなどと考えもしていなかった。確かにいつものマルティイナらしくなかった。

深く頭を下げて謝るマルティイナを見て、エリザベートがほくそ笑《え》む。

「申し上げた通りでございましたでしょう、太上王妃様。近頃《ちかごろ》の王様は、やけに王妃様をお庇《かば》いになると父も不審《ふしん》がっておりました。王妃様が陰《かげ》で良からぬ挑発《ちょうはつ》をしているのではないかなどと噂する者もいましたが、私はまさかと思っておりました。この目で、あのようにふしだらなお姿を見るまでは……。ああ、衝撃《しょうげき》の光景でございました」

エリザベートは眩暈《めまい》を起こしたように額を押さえてふらついた。

「おお、大丈夫《だいじょうぶ》か、エリザベート。名門スタンリー家の深窓の姫君《ひめぎみ》にはさぞかしショックな出来事であったであろう」

現役《げんえき》時代スタンリー公に世話になった太上王はエリザベートを親身になって心配した。

「はい。私は王妃様のことを心から信頼《しんらい》しておりましたので、あのような裏の顔をお持ちとは思いもせず、すっかり動転して太上王妃様のところに駆《か》け込んでしまいました。朝早くからお騒《さわ》がせして申し訳ございませんでした」

「うむうむ。当然だ。そなたが謝る必要はない。悪いのは王妃だ。いや、クラウスも、そのような誘惑《ゆうわく》に簡単にのせられてしまうとは、だらしがない」

「‼」

マルティナはクラウスが非難されたことにショックを受けた。

王に不利益を及《およ》ぼさないように補佐するはずの職業王妃が、自分のせいで王の評判を下げてしまうなど、あってはならない過失だった。

「クラウスは女嫌《おんなぎら》いと噂されるほどこれまで浮《う》いた話一つなかったが、王子時代に少し浮名《うきな》を流すぐらいの方が良かったのかもしれぬな。女性に免疫《めんえき》がないから少し誘惑されただけで簡単に堕《お》ちてしまうのだ」

自分よりもクラウスを悪く言われることの方が耐《た》え難《がた》かった。

「太上王様。畏れながら陛下は決してそのようなことは……」

反論しようとしたマルティナだったが、太上王妃が疑問を投げかける。

「お待ちください、太上陛下。私にはマルティナが王を誘惑したなどという話は、到底《とうてい》信じられないのでございます。マルティナは養成院にいる頃から真面目で正直な子で、およそ人を騙《だま》したり陥《おとしい》れたりできる人間ではございません。王を誘惑などありえません」

　太上王妃がマルティナを庇ってくれた。

「私はマルティナの人間性を高く評価して職業王妃に決めたのです」

「そなたは重臣達が口を揃えて推《お》すリタではなく最初からマルティナだと言い張っていたな。だから余計に非を認めたくないのだろう。だが間違《まちが》いは誰《だれ》にでもある。特に人というものは変わってしまうものだ。今回ばかりはそなたの人選ミスだ」

（私のせいで太上王妃様まで悪く言われてしまうなんて……）

　マルティナはますます耐え難い自責の念に囚《とら》われた。

「やはり王に直接お聞きしましょう。私は納得《なっとく》できません太上陛下」

　太上王妃に強く言われて、太上王も渋々《しぶしぶ》肯《うなず》いた。

「うむ。まあ、クラウスならすべて包《つつ》み隠《かく》さず正直に話すだろう。場合によっては王といえども厳しく処分せねばならぬな」

　マルティナはその言葉にはっと青ざめた。

（違う！　陛下なら……正直にというより、きっと私を庇って罪を被《かぶ》ろうとする）

　どんな時も身を挺《てい》してマルティナを守ってくれたこれまでのクラウスを思い起こせば、

その姿が容易に想像できる。

「お、お待ちください！　ち、違います！」

マルティナは思わず叫んでいた。

「ク、クラウス様は何も悪くありません。私が浮《うわ》ついていて隙《すき》を見せてしまったのです！　そ、それが誘惑のように感じられたのかもしれません。すべて私の失態です！」

太上王妃は驚き、エリザベートはにやりと微笑《ほほえ》んだ。

「自分が何を言ったのか分かっていますか、マルティナ？　職業王妃が王を誘惑したとなると大問題ですよ。今後の処遇《しょぐう》も考えねばなりません」

「……はい……」

マルティナはうなだれたまま答えた。

太上王妃は大きなため息をついて言い放つ。

「あなたには失望しました、マルティナ。処分が決まるまで謹慎《きんしん》していなさい！」

こうしてマルティナは養成院で謹慎することとなった。


スタンリー公の執務《しつむ》室では、エリザベートとの密談が行われていた。

「ははは。目障《めざわ》りな王妃がいよいよ自ら墓穴《ぼけつ》を掘《ほ》ったか。これはいい」

スタンリー公の高笑いが響《ひび》く。

「ええ。マルティナという憐《あわ》れな邪魔《じゃま》者がいたおかげで、私とクラウス様の絆《きずな》もぐっと強まることでしょう。恋《こい》は試練があった方が燃え上がるものだもの」

エリザベートはすでに勝った気になっていた。

「だが、あの王妃をあまり甘く見ない方がよいぞ、エリザベート」

スタンリー公は警戒《けいかい》するように告げた。

ガザの件以来、重臣達の間でも職業王妃の重要性を語る者が増えてきている。

マルティナを初代シルヴィアの生まれ変わりだと称《しょう》する者まで現れてきた。

「あの王妃はやはり危険だな」

「そうかしら？　私には生真面目《きまじめ》過ぎるバカな人に見えますけど……」

王を庇うためだか知らないが、自分から謹慎になるようなことを言ったのだ。

エリザベートから見れば、愚《ぐ》の骨頂だ。

「恋も権力も、手に入れたいものがあるなら、多少手を汚《よご》しても取りに行かねば。途中《とちゅう》がどうであれ、最後に手に入れたものが笑うのです。世の中とはそういうものですわ」

エリザベートはそうやって今まで他人から多くの物を奪《うば》ってきた。

今回も最後にすべてを得るのは自分だと確信している。

「王の妃《きさき》に選ばれる自信はあるのだな？　王はやけに王妃に肩入《かたい》れしているように見受けられるが、心配いらぬのだろうな？」

　スタンリー公は、エリザベートに確認《かくにん》した。

「ええ、もちろんですわ。クラウス様との距離《きょり》は狩《か》りの日からぐっと近付きました。私の魅力《みりょく》に堕ちるのも時間の問題ですわ。ねえ、リタ？」

　エリザベートは後ろに控《ひか》えていた腹心の侍女《じじょ》に同意を求めた。

「ええ。もちろんでございます。あの地味で堅苦《かたくる》しいマルティナと比べるべくもございません。王様はすでにエリザベート様に夢中のようでございます」

　リタの言葉を聞いて、スタンリー公はほっと安堵《あんど》の息をもらした。

「ですがクラウス様のお心を確実なものとするために、もう一押《ひとお》ししてみましょう」

「もう一押し？　大丈夫なのだろうな？」

「ええ。私の色香で奥手《おくて》のクラウス様を、さらに虜《とりこ》にしてみせますわ」

　エリザベートはにやりと微笑んだ。

「うむ。あとは、あの王妃が追《お》い詰《つ》められて余計なことをしゃべらぬように手を打つか」

「手を打つとは？　何をなさいますの、お父様？」

　エリザベートは怪訝《けげん》な表情でスタンリー公に尋《たず》ねた。

「ふふ。案ずるな。私にすべて任せるがいい」

スタンリー公は黒い微笑《びしょう》を浮かべて、最後の仕上げに取《と》り掛《か》かることにした。

マルティナは養成院の裏手の深い森の中でいつものように地面に座っていた。

職業王妃の謹慎など前代未聞《ぜんだいみもん》のことだ。いよいよ解任を言《い》い渡《わた》されるのかもしれない。

解任された職業王妃が養成院に残れるかどうかも分からない。

ジュエルチンチラともお別れしなければならないと最後に会いにきた。

実家に帰ったら両親はさぞがっかりすることだろう。

先日届いた手紙では、マルティナが職業王妃になってから貴族の付き合いも増え、窮《きゅう》状《じょう》を救ってくれる商人なども現れ、多くの恩恵《おんけい》を得たと喜んでいたのに。

手紙の最後には初めて『わが愛する孝行娘《むすめ》へ』と書《か》き添《そ》えてあった。

親不孝な娘と思ってきただけに、その言葉がとても嬉《うれ》しかった。それなのに。

それにマルティナが解任されたらガザはどうなるのだろう。

クラウスと二人で練り上げたガザの復興案。なんとしても成功させたいと、職業王妃の仕事に希望とやりがいを感じ始めたところだったのに……。

「でも……私がいなくても陛下が成《な》し遂《と》げてくださるわね。私などいなくても……」

クラウスなら誰が職業王妃になっても、立派な王となって国を治めるだろう。

「私は……クラウス様のお役に……少しでも立てたのかしら……」

出会ってから僅《わず》かな間だったが、何度も危機を救ってもらった。

王を支えるべき職業王妃が、助けられてばかりだったように感じる。

女嫌いだ、女性に冷酷《れいこく》だと噂され覚悟《かくご》していたが、実際はそんな人ではなかった。

うわべだけの優《やさ》しい言葉ではなく、包み込むような温かさを行動で示す人だった。

知れば知るほど尊敬の想《おも》いは膨《ふく》らみ、この王に仕えられる喜びを感じていた。

「そう。私は職業の範疇《はんちゅう》を超《こ》えるほどクラウス様をお慕《した》いしてしまっている……」

本当はエリザベートを抱《だ》き上《あ》げているクラウスを見て涙《なみだ》を流したあの時、気付いていた。

男性に免疫がないからといって、涙まで流すほど動揺《どうよう》するはずがない。

自分ではない女性を大事に抱いている姿に傷ついたのだ。

それは職業王妃にあってはならない感情だと必死に封印《ふういん》した。

気付かないふりをして、何も感じてないように装《よそお》った。

けれどクラウスに会うたび気持ちがかき乱され、気付いてしまう。

「今回のことがなくても……私は職業王妃失格なの……」

ほろりと涙をこぼすマルティナに、ふわりふわりと光の玉が降り注ぐ。

赤や青や緑のモコモコが、マルティナをなぐさめるように頭や肩《かた》や腕《うで》に集まってくる。

「なぐさめに来てくれたの？　みんな」

マルティナが両手を差し出すと、ピンクのチンチラがふわりとおさまった。

心配そうな目をして「キキッ」と鳴いて首を傾《かし》げている。

「ふふ。ありがとう。私は大丈夫よ」

頭の上のチンチラが「キキッ、キキッ」と鳴いてなにか文句を言っている。

「違う、違うのよ。この間の男の人は何も悪くないの。あの方のせいではないのよ」

チンチラ達は、クラウスのせいで泣いていると思ったらしい。

「あの方に……職業王妃としてあってはならない想いを持ち始めてしまった私が悪いの」

マルティナはチンチラ達に説明する。

チンチラ達は「キキッ」と鳴いて分からないという顔をする。

「こんな気持ちを持ちながらクラウス様のお側《そば》にいてはいけないわ。私は王妃の座を退くべきなのだわ。そうなるとあなた達にももう会えなくなるかも……」

チンチラ達は地面に並んで、嫌《いや》だ嫌だという風に首を振《ふ》っている。

「そうね。私も寂《さび》しいわ。でもクラウス様の治世を乱すような王妃になりたくないの」

幼い頃から、生涯《しょうがい》を王のために尽《つ》くす女性として育てられた。

その忠誠心は誰よりも持っているつもりだ。

だからこそ、職業王妃の禁忌《きんき》に踏《ふ》み出《だ》そうとする自分の気持ちが許せない。

王のためなら何でもできると思っていた。

けれどこの気持ちを抑《おさ》えることが難しい。

「私はどうすればいいの？」

すっかり途方《とほう》に暮れてため息をつく。

そんなマルティナの前から、一瞬《いっしゅん》にしてチンチラ達が姿を消した。

マルティナははっと振り返る。

「陛下？」

この場所を知っているのはクラウスだけだ。

だからてっきりクラウスだと思ったのだが……。

きらりと金属が光るのが見えた。

「あっ！」

叫ぶと同時に体をそらした。

それた剣《けん》がマルティナの髪をかすめ、ガッと音を立てて地面を打つ。

束ねていた髪が少し切れたのか、ほどけてはらりと頰《ほお》に落ちてきた。

「あなたは……」

「ふふふ。死んで頂きましょう、王妃様」

闇《やみ》の中に立つ男は、静かに言い放った。

クラウスはいらいらと部屋の中を歩き回っていた。

今日は夕方までクレメン邸《てい》でアランと混み入った話をしていた。そして王宮に帰ってみると、マルティナが謹慎処分になったと聞いた。

すでに職業王妃養成院に戻ってしまったという。

「マルティナが私を誘惑しただと？　彼女にそんなことができるなら、やって欲しかったぐらいだ。なんだってそんなデマを認めたんだ？」

クラウスは訳が分からなかった。

朝のことはマルティナには少しの非もない。

職業王妃の職務を完璧《かんぺき》に遂行《すいこう》するいつものマルティナだった。

そんなマルティナが物足りなくて、もっと近付きたいと思ったのは自分だ。

つい可愛《かわい》くて気持ちが止まらなくなってしまった。

「まずは父上達に事実を話すべきなのか。いや、先にマルティナに会ってきちんと話を聞くべきだ。だが謹慎中のマルティナと話ができるだろうか……」

事実を明らかにするだけで解決できる問題ではない。そして問題を複雑にしているのは、クラウスがマルティナを愛しているという事実だ。

解決の順番を間違えると、マルティナは王妃を解雇《かいこ》され一生手の届かないところにいってしまうかもしれない。慎重《しんちょう》に行動しなければならなかった。

最善の方法を考えていたクラウスのもとに、エリザベートが訪ねてきた。

「何の用だ。今忙《いそが》しいのだ。明日にしてくれ」

そう言って追い返そうとした。

今一番会いたくない人間だった。

「クラウス様。どうしても謝っておきたかったのですわ。少しだけお時間くださいませ」

エリザベートはそう言って強引《ごういん》に部屋の中に入り込んできた。

やけに露出《ろしゅつ》の多い薄《うす》いドレスを着ている。

まるで夜着のように体の曲線が浮き出ていた。

そして涙ぐんだ目で両手を祈《いの》るように組んでクラウスを上目遣《うわめづか》いに見上げる。

「王妃様の謹慎処分のことはお聞きになりましたか？　私が朝のお二人のご様子に驚いて太上王妃様のところに駆け込んでしまったからこんなことに……」

「ああ。そうらしいな。聞いている」

本当に余計なことをしてくれたと、クラウスは腹立たしかった。

「まさかこんなことになるなんて。私は、王妃様は王様を誘惑するような方ではないと庇ったのです。それなのに王妃様が自らお認めになってしまって……。ああ、私はどうしたらいいのかしらと、居ても立ってもいられずクラウス様にご相談にきたのです」

「……」

　クラウスは何か引っかかるものを感じて考え込んだ。

「お許しください、クラウス様。ですが私は精一杯《せいいっぱい》王妃様を庇おうとしたことを、どうか分かってくださいませ。ああ、王妃様は解雇されてしまうのでしょうか」

　涙を浮かべ告げるエリザベートにクラウスは尋ねた。

「君は……狩りで足を怪我《けが》したのじゃなかったか？　よく太上王妃の部屋に駆け込むことができたな？　もう痛くないのか？」

　捻《ひね》ったという足首はドレスの裾《すそ》に隠れて見えないが、ずいぶん元気そうに部屋に入ってきた。エリザベートはぎくりと青ざめ、慌《あわ》てて弁解した。

「い、いいえ。本当はまだ腫《は》れていてとても痛いのです。でも痛そうに歩けば、怪我をさせたクラウス様を責めているように思われるのではないかと平気なふりをしておりました」

　そう言うと、急にふらりと倒《たお》れそうになる。

「おっと……」

　クラウスは思わず反射的に左腕《ひだりうで》でエリザベートの体を支える。

その左腕にしなだれかかるように、エリザベートが体重をのせてきた。

密着するような恰好《かっこう》になり、クラウスはやれやれとため息をついた。

「分かったから、いいかげん離《はな》れてくれないか？」

まだエリザベートはクラウスの腕にしがみついたまま離れようとしない。

「ああ、なんてことでしょう。いろんな心労が重なったせいで、眩暈が止まりませんの。クラウス様。もうしばらくこのままで……。おねがい……」

エリザベートは潤《うる》んだ瞳《ひとみ》でクラウスを間近に見上げた。

そのまま目を瞑《つぶ》りクラウスにすっかり身を任せて待つ。

「……」

だが……。

何事も起こらず、ふいっとクラウスの体が離れた。

「きゃっ？」

体勢を崩《くず》したエリザベートは転がるようにそばのソファに投げ出された。

驚いてクラウスを捜《さが》すと、部屋を立ち去ろうとしているところだった。

「クラウス様っ!!」

慌てて呼び止めるエリザベートに振り向きもせず告げる。

「眩暈がするならそこで少し休んでいくといい。私はマルティナに会いにいく」

「クラウス様っ!!」

エリザベートがもう一度名を呼んでも答えることなく戸口に向かう。

「クラウス様はあの女に騙されているのよ！　行ってはいけません！」

必死に止めるエリザベートに、クラウスは振り向いた。

「騙しているのも誘惑しているのも君の方だろう。マルティナを解雇なんてさせない。私の王妃はマルティナだけだ」

エリザベートはぎゅっと唇《くちびる》を噛《か》んだ。

そしてにやりと微笑んで負《ま》け惜《お》しみのように呟いた。

「ですが、もう……手《て》遅《おく》れですわ……」

「!?」

クラウスはその不吉《ふきつ》な言葉に胸騒《むなさわ》ぎを感じた。

「まさか……」

そうして駆け出していた。


職業王妃の体術訓練では基本の受け身を叩《たた》きこまれている。

クラウスにはいつも油断をしてしまい不覚をとるが、不審者には体が勝手に反応する。
そして懐《ふところ》から短剣《たんけん》を引き抜《ぬ》いた。
これも王の危機に応戦するために常に持ち歩いている護衛用のものだ。
再び振り下ろされた剣を受け止め、マルティナの短剣がカンッという音を響かせる。
相手は仮面をした男だった。
受け止めるのが精一杯のマルティナに、男の剣が力を込めて迫りくる。
じり……と剣に押されるままに後ろに下がっていく。
職業王妃の体術訓練といっても緊急《きんきゅう》時の簡単な防御《ぼうぎょ》法だけだ。
時間を稼《かせ》いで、その隙に王を逃《に》がすことを基本としている。
幼い頃から剣術《けんじゅつ》訓練を叩き込まれてきた男に勝てるはずもなかった。
(ダメだわ……。これ以上持ちこたえられない……)
重ねたままの短剣を持つ手が、ぷるぷると震《ふる》える。
この深い森の中では、助けを呼んでも誰も気付いてもらえないだろう。
まさかこんな形で命を落とすことになるとは……。
こんなことならクラウスにもっときちんと別れの挨拶《あいさつ》をしておけばよかった。
もっと素直《すなお》になって自分の心の内を話してみれば良かった。
心のどこかでエリザベートを想うクラウスを受け止めたくなかったのかもしれない。

（これが恋というものだったのかしら……）
ぼんやりとした疑問が浮かんだが、それももう終わる。
仮面の男が勝ちを確信したのか、にやりと笑ったような気がした。
その瞬間《しゅんかん》、足払《あしばら》いされてマルティナはバランスを崩し、尻《しり》もちをついた。
そのまま男の剣がマルティナに向かって振り下ろされる。
（さようなら、クラウス様……）
結局最後の瞬間まで脳裏《のうり》に浮かぶのはクラウスのことばかりだった。
そんな自分がおかしくて微笑みを浮かべて目を閉じた。
不運な最後だけれど、やり遂げた達成感はあった。
これで良かったのかもしれない。
そうして誰にも気付かれぬまま、マルティナはばっさりと斬《き》り捨《す》てられた。
……と思ったのに。
カンッ‼　という刃《は》が重なる音が目前に響いた。
「⁉」
マルティナは驚いて目を開いた。
「まさか……」
そこには必死の表情で男の剣を受け止めるクラウスの姿があった。

マルティナは夢を見ているのかと思った。

すでに斬り捨てられて、死に逝《ゆ》く頭の中で願望を見ているのかもしれない。だが……。

男を払いのけ、カン、カンと剣を打ち合うクラウスの姿で我に返った。

マルティナをかばい果敢《かかん》に剣を繰《く》り出すクラウスは、荒《あら》ぶる男の剣を見事に受け止め追い込んでいる。

「なぜ……」

幼い頃から勘当《かんどう》同然で養成院に入ったマルティナは、いつも孤独《こどく》だった。無条件に自分を愛してくれる家族の温《ぬく》もりをほとんど知らない。自分の力で生き残らなければ、誰も助けてなどくれない。それが当たり前の人生だった。それなのに。

クラウスはいつだってマルティナの危機に駆け付けて助けてくれる。危険も顧《かえり》みず自分を救おうとしてくれる。かけがえのない者のように扱《あつか》ってくれる。

それがどれほどの幸福感を与えてくれるのかを教えてくれた。

そして平坦《へいたん》に保たれているマルティナの心がきゅんときめく。

だが幸福感に浸《ひた》っていられるのも一瞬のことだ。

マルティナはすぐに自分の役割を思い出した。

「いけません！　お逃げ下さい!!」

地面に落としていた短剣をひっつかみ、クラウスの前に飛び出す。

職業王妃が王に守られるなんてあってはならない。

自分の命を賭《と》して王を守らなければならない立場なのに。

「バカッ‼　マルティナ、下がってろっ‼」

止めるクラウスの声も聞かずに、マルティナは横から男に剣を振り下ろす。

慌ててマルティナの剣を受け止めた男は、短剣をはじいて再び斬り付ける。

その剣を横からクラウスが受け止めた。

「何やってるんだ！　下がれと言ってるだろう、マルティナ！」

「でも陛下が……」

「バカッ！　少しは私を信頼しろっ！」

「‼」

マルティナは怒鳴られて自分がすっかり足手まといになっていることに気付いた。

そして仮面の男は「クラウス王……」と呟くと、慌てて後ろに下がった。

どうやら暗闇《くらやみ》の激闘《げきとう》の中で、剣を向けているのが王と気付いて驚いたようだ。

あくまでマルティナを狙《ねら》った刺客《しかく》で、王を傷つけるつもりはなかったらしい。

じりじりと後ろに下がり、踵《きびす》を返して逃げようとした男に、クラウスは叫んだ。

「待たれよ！　スタンリー公」

男はぎくりとして立ち止まった。

「え？　スタンリー公？」

マルティナは思いもかけない名を聞いて、驚いてクラウスを見た。

「そなたの剣筋は、自分で思うよりずっと個性的だ。剣を交わしてすぐに気付いた」

「……」

男は黙《だま》ったまま、抜き身の剣を鞘《さや》にしまった。

「なぜマルティナの命を狙った？　王妃の命を狙うなど、重臣であっても許せぬ罪だぞ」

クラウスに問い詰められ、男はこちらに向き直り、突然その場に跪《ひざまず》いた。

「陛下！　陛下はその女に騙されておられるのです！　その女は職業であることも忘れ、陛下を誘惑し、ギリスア国を己《おのれ》の思いのままにしようとしているのです。自分の実家の作物を特産品になどと言って家族を呼び寄せ、領主から預かった領地で私腹を肥やさんと企《たくら》んでいるのでございます！」

「な‼」

マルティナは思ってもいなかった嘘《うそ》を並べ立てられて青ざめた。

「このままでは我が領地も少しずつ奪われ、蝕《むしば》まれ、やがてギリスア国全体を食いものにされてしまうのだと危機を感じておりました。そしてついに化けの皮が剝《は》がされ謹慎処分になったのでございましょう。私は国のため、王のため、この災《わざわ》いの元となる女を抹殺《まっさつ》しようと、我が身を顧みず行動したのでございます！」

スタンリー公はもっともらしい理由をつけて開き直った。

「王妃が私を、この国を私欲のために食いものにしていると？」

クラウスは静かに尋ねた。

「はい。すでに重臣の何人かも気付いて王妃様排除《はいじょ》の声が上がっております」

「ほう」

クラウスは考え込んだ。

「陛下……。私は……」

マルティナはスタンリー公の言葉を信じるのだろうかと不安げにクラウスを見つめた。

だがすぐにクラウスは断じるようにスタンリー公に告げた。

「悪いがスタンリー公。私はそなたの言葉より王妃の言葉を信じる。マルティナ、答えよ。そなたは私欲のために私や国を食いものにしようとしているのか？」

マルティナはクラウスに問われて、その場に跪いた。

「いいえ。私は陛下とギリスア国の民《たみ》のためなら、この命を捧《ささ》げる覚悟でお仕えしております」

恭《うやうや》しく答えるマルティナにクラウスは深く肯いた。

「そなたがそういう人間であることは、この数日共にいた私が誰より知っている。そなたのその言葉、一言一句すべてを信じよう、マルティナ」

スタンリー公は堅《かた》い信頼で結びついた二人を見て、ぎりりと歯噛《はが》みをした。

「く……くそ……」

呟くと、急に立ち上がる。

マルティナはまさか追い詰められてクラウスに斬りかかるのではと身構える。

しかしスタンリー公は踵を返すと、負け犬のごとく一目散に逃げようとした。

そのスタンリー公の前にクラウスの護衛兵が立ちはだかる。

「ど、どけっ！　私を誰だと思っている！　どかぬか！」

しかしクラウスの「構わぬ、取り押さえろ」という言葉で一斉《いっせい》にスタンリー公を囲い込み、縄にかけた。

「こ、こんなことをしてただでは済みませんぞ！　ギリスア国の主要な領地は、ほぼ私の派閥《はばつ》に属している。国が二つに割れますぞ！　その女一人のために国を分断させるなど、過去と同じ混乱の時代の始まりだ。はは。その混乱を招くのがシルヴィア様の作り上げた職業王妃とは皮肉なものよ！　陛下はいずれ後悔《こうかい》することになるでしょう」

スタンリー公は不吉な予言のような言葉を言い残して、衛兵達に連れて行かれた。

「へ、陛下……」

残されたマルティナは、黙って見送るクラウスを不安げに見上げた。

「大丈夫でしょうか？　スタンリー公はギリスア国で最も力のある重臣です。本当に国を分断させるようなことになったら……」

それが職業王妃の自分のせいだとしたら、それはシルヴィアの危惧《きぐ》する一番の禁忌ではないのか。

王が寵愛《ちょうあい》する妃の甘言《かんげん》にのって、間違った決断をさせないために職業王妃はいる。

今の自分は王に甘言を弄《ろう》する傾国《けいこく》の王妃になっているのではないのか。

「そなたを殺そうとしたのだぞ？　その罪を見逃《みのが》せと？」

「ですが陛下のおかげで私は生きています。だから……」

「ギリスア国と、王である私のために誠意を尽くす者を己の私欲のために葬《ほうむ》ろうとしたのだ。そのことに怒《おこ》り、罪を問う私は間違っているのか？　それがシルヴィア様の教えか？」

「それは……」

「答えよ。私がそなたに溺《おぼ》れ、判断を間違うような王になっていると思うのか？」

マルティナはふるふると首を振った。

「いいえ。陛下が私などに溺れるはずがございません。判断を間違えたのは私でございます。畏れ多いことを申しました」

「……」

平謝《ひらあやま》りするマルティナを見て、クラウスはふっと笑って小声で呟いた。

「溺れないように必死に理性を保っているというのが事実だがな……」

「え？」

マルティナが聞き返すと、クラウスは再び厳しい顔に戻った。

「スタンリー公の悪事の証拠《しょうこ》はアランに手伝ってもらって、すでに揃えてあるのだ。そなたのことがなくとも糾弾《きゅうだん》するつもりであった」

そのために今日は一日中アランの屋敷《やしき》に入《い》り浸《びた》っていた。

「だがそんなことよりも、私はそなたにも怒っている、マルティナ」

「え……」

マルティナはどきりとした。思い当たることはいろいろあるものの、どれか分からない。

太上王達を怒らせ謹慎処分になってしまったことなのか。

それとも謹慎処分でありながら森の中を出歩いていたことなのか。

それとも刺客一人防げない未熟な剣の腕のことなのか。

しかし、そのどれでもなかった。

クラウスは剣をしまい怒った顔でマルティナを見つめた。

「さっきのはどういうつもりだったのだ！　私を守って死ぬつもりだったのか！」

「そ、そういうわけでは……。でも……私は職業王妃で……陛下をお守りするのがお役目で……それなのに……私の代わりに陛下を危険にさらすわけには……」

「いいかげんにしろっ!!」

大声で怒鳴られて、マルティナははっとクラウスを見上げた。

「お役目とかそんなのどうでもいいんだっ！　強い者が守る！　剣を使える男が守りたい女を守る！　それが自然だろう。剣も使えないくせに前に出てくるな!!」

マルティナはショックを受けていた。

職業王妃として、これほどの失態をしたのは初めてだ。

「も、申し訳ございません。却《かえ》って陛下を危険にさらすようなことを……」

「私を危険にさらしたことを怒っているんじゃない！　なんで分からないんだっ!!」

「!!」

マルティナはクラウスが何に怒っているのか分からなかった。

王の気持ちも分からず、失態をさらしてしまった自分がたまらなく情けない。

すっかり自信を失い、刺客に襲《おそ》われた恐怖《きょうふ》が、今更《いまさら》よみがえってきた。

がくがくと足が震え、自分が何もできない少女に戻ってしまったような気がした。

これまで人前で外すことなく被っていた職業王妃の仮面が、ぱきぱきと音を立ててはがれていき、頼《たよ》りない少女の素顔《すがお》がこぼれる。

「ご……ごめ……ごめんなさい……うう……ごめ……ううう……」

ぽろぽろと涙がこぼれて止まらない。

職業王妃が王の前で涙を流すなど、あってはならないのに。

いつも毅然《きぜん》として王を導かねばならない立場なのに……。

クラウスはクラウスで突然泣き出したマルティナにすっかり動転していた。

ずっと冷静で何を言っても動じない相手だと思っていたのに。

目の前のマルティナは、頼りなく震えるただの普通《ふつう》の少女のようだった。

もしかして、これが本当の等身大のマルティナなのかもしれないと気付いた。

いつも職業王妃という重責を必死に担《にな》おうと冷静な女性を演じているけれど。

こんな頼りなげな一面を隠し持っていたなんて……。

見たことのないマルティナがたまらなく愛おしい。

クラウスの手が、そっとマルティナの乱れ落ちた髪を撫《な》でる。

「泣かないでくれ、マルティナ。ごめん。怒鳴ったりして。君が怪我でもしたらと思うと、自分のこと以上に恐《おそ》ろしかったのだ。私のためと思うなら、頼《たの》むから無茶をしないで欲しい。それを言いたかったんだ」

小さな子どもに言い聞かせるように言う。

「陛下は……悪く……ありませ……。今すぐ……ひっく……泣き止《や》むから……」

マルティナは必死に泣き止もうと息を止めているが、嗚咽《おえつ》が止まらないらしい。

真っ赤になって息を止めようとする姿が、また可愛い。

つい、ふふっと笑ってしまった。

「ごめん。泣き止まなくていい。無理しなくていいから……」

子どもにするように、ぽんぽんと頭を撫でる。

「……ひっく……ひっく……」

マルティナは困ったような顔でクラウスをあどけなく見上げている。

その顔を見ているとたまらなくなって、クラウスはマルティナを胸の中に抱き締めた。

「ごめん、マルティナ。いろいろごめん。私が全部悪かった」

「陛下……」

クラウスは胸の中にすっぽりおさまるマルティナの髪を撫でながら続けた。

「君はいつだって一生懸命《いっしょうけんめい》自分の職務を全うしようとしていただけだ。君は何も間違っていない。もう怒ってないから。ごめん、マルティナ」

マルティナは耳元で囁《ささや》くクラウスの声を聞きながら、ひどく安らぐ温かな胸の中でひとき一人の女性に戻って身を委ねた。

森の中は、マルティナとクラウスの二人きりになっていた。

それを見て安心したように、ふわりふわりと木の枝から光の玉が降り注ぐ。

世界中の宝石を集めたような色とりどりの光のモコモコが雪のように降り積もる。

クラウスとマルティナの肩や頭にもふわりと乗って「キキッ」と鳴いている。

「みんな……」

まるで祝福するように二人の周りに円を描《えが》いて広がっていく。

「チンチラ達が君のもとに導いてくれたんだ」

「え？」

マルティナはクラウスの言葉に驚いた。

「君の危機を感じて森の方に駆けてきたら光の玉が見えた。そして道を作るように君のいる場所まで光の筋で導いてくれたんだ」

「そんなことが……。みんなが私を助けてくれたのね、ありがとう」

マルティナは左手に受け止めたチンチラの頭を指先で撫でて心からの礼を言った。

チンチラ達は得意げに「キキッ、キキッ」と胸を張っている。

その様子が可愛くて、マルティナは「ふふ」と微笑んだ。

「私の王妃はマルティナしかいない。他に妃を作るつもりもない」

クラウスは再び、ぎゅっとマルティナを抱き締めた。

「で、ですがエリザベート様が妃になるのでは……」

「なぜそんなことになっているのか知らないが、私とエリザベートには何もない」

クラウスは呆《あき》れたように反論した。

「でもガザの視察の時も仲良さそうに手を繋《つな》いでいらして……」

「どこが仲良さそうだったんだ！　彼女が泥《どろ》で転びそうだから手を貸してくれと言われただけだ」

クラウスは少し憤慨《ふんがい》して訂正《ていせい》した。

「でも狩りのあと、エリザベート様を抱いて……」

「抱き上げていた、だ。そこ、紛《まぎ》らわしいから間違えないでくれ。あれは、狩り場に飛び出してきたエリザベートが怪我をして歩けないというから、寝室まで運んだだけだ」

「では……お二人の蜜月《みつげつ》の夜は……」

「ないよっ!!　なんだ蜜月の夜って！」

クラウスは思わず大声で否定した。

「ではお子ができたりは……」

「するわけないだろう！　なんで抱き上げただけで子どもができるんだ」

「私《わたくし》　陛下のお子のためによだれかけを作ろうと思っていましたのに」

「つ、作らなくていいっ！　なんでそこまで話が飛躍《ひやく》するんだ！」

クラウスは今になって気付いたが、マルティナは色恋《いろこい》に関してはかなり鈍感《どんかん》だ。

男子禁制の養成院で育ったマルティナは、その部分の知識だけ極端《きょくたん》に欠けている。

だがまあ、すべてに完璧なマルティナに弱点があるのはいいことかもしれない。

そういうマルティナが前よりも愛おしい。

「私は、職業王妃という制度を改革したいと思っている」

「え……」

マルティナは不安げにクラウスを見上げた。

「陛下も職業王妃を廃止したいと思っていらっしゃるのですか？」

マルティナとしては、偉大《いだい》なシルヴィアが築いた制度を自分の代で終わらせるようなことだけはしたくない。だがクラウスに助けられてばかりの自分では仕方ないのかもしれないとも思った。クラウスがそう望むなら従うしかない。

「廃止……すればいいと思っていた時期もあった」

「……」

マルティナはやっぱりそうなのか、と絶望の表情を浮かべた。

「だが、君に出会って考えが変わった。君はこのまま私の職業王妃でいて欲しい」

「私は……クラウス様の職業王妃でいていいのですか？」

マルティナはクラウスが意図することが理解できず首を傾げる。

「もちろんだ。むしろ君が職業王妃でないなら、私はこの制度を廃止していただろう」

「そ、それは困ります」

「ならば、勝手に罪をかぶって謹慎したり、私の許可なく辞《や》めることは許さない。約束して欲しい。今後誰が何を言おうと、私の王妃でいると」

それはマルティナにとって、一番嬉しい言葉だった。

クラウスが命じてくれるなら、自分の中に芽生えた余計な感情も心の揺《ゆ》らぎもすべて封印して、決して誰にも気取られないままに生涯を捧げよう。そう決心した。

「はい。お約束します。陛下が私を望んでくださるなら、何があってもお仕え致します」

クラウスはほっと息をついた。だがここからが本題だった。

「ただし職業王妃にもう一つ新たな職務を加えることにしたいと思う」

「新しい職務？　私にできることなら致しますが……」

「マルティナにしか出来ぬことだ」

クラウスの返答にマルティナは首を傾げた。

「それは財務的なことでしょうか？　数字は得意ですのでお任せください。外交的なことはあまり得意ではありませんが努力致します。それとも……」

「いや、そういうことではない。もっと簡単なことだ。いや、君には一番難しいことかもしれない」

マルティナは一番難しいと言われて、逆に闘志《とうし》を燃やした。

「どのような職務でも必ずやり遂げてみせます。どうぞ遠慮《えんりょ》なさらずに命じてくださいませ。猛獣《もうじゅう》と戦えと仰《おお》せなら戦います。鷹《たか》の足を摑《つか》んで空を飛べと仰せなら、空だって飛んでみせます！　ウミガメに乗って海を渡れと仰せなら……」

「いや、そんな無茶を言うつもりはない。もっと普通のことだ」

クラウスは暴走するマルティナの妄想《もうそう》を慌てて遮《さえぎ》った。

「普通のこと？」

「ああ。どのような職務でも受けてくれると言ったな？　約束してくれるか？」

「はい。もちろんでございます」

きっぱりと答えるマルティナに勇気を得て、クラウスはようやく告げた。

「新たな職務とは、王を愛することだ」

「……」

その言葉を聞いた途端《とたん》、黙り込むマルティナにさらにクラウスは畳《たた》みかけた。

もうここで言わなければ先に進めない。ここが決めどころだ。

「マルティナ。愛している」

クラウスはその勢いのままマルティナの体をぐっと引き寄せキスしようとした。

しかし、そのクラウスの唇をマルティナがぴしりと伸《の》ばした右手でふさいだ。

ジュエルチンチラ達もクラウスに抗議《こうぎ》するように「キキッ、キキッ」と手で押している。

そしてマルティナは夢から醒《さ》めたようにクラウスの腕の中から一歩退いた。

「な、なぜ拒《こば》む？　なんでも受けてくれるとさっき言っただろう？」

そう言って、もう一度ぎゅっとマルティナを抱き締めようとするクラウスだったが……。

ついっと、その胸をマルティナの両手が押し戻した。

ジュエルチンチラ達も、小さな両手でクラウスを押しのけて距離をとる。

「マルティナ？」

マルティナはクラウスの胸から離れると、ほどけていた黒髪《くろかみ》を両手で束にして器用に頭の後ろにひっつめた。そして仕上げにいつものように、ぴしりと伸ばした右手で髪を撫でつけると、冷たく言い放った。

「申し訳ありませんがそれはできかねます。偉大なるシルヴィア様の教えに反します」

「え？」

クラウスはマルティナの豹変《ひょうへん》にきょとんとする。

「私としたことが、様々な出来事にすっかり動揺してしまい、職業王妃にあるまじき愚《おろ》かな姿をお見せして申し訳ございません」

「いや、愚かというか、そういうマルティナも可愛いと思うが……」

「可愛い？」

マルティナはクラウスをきらりと光る目で睨《にら》みつけた。

「可愛いなどと、この私に二度と言わないでくださいませ。いえ、陛下は悪くありません。私が可愛いなどと思わせてしまうような愚かしい失態を晒《さら》したのでございます。申し訳ご

でつけた。

しかし、その反論すらも恥《はじ》だと思っているのか、動揺を隠すように再び黒髪を右手で撫

クラウスは戸惑《とまど》いながら反論する。

「いや、謝らなくていい。私はむしろ嬉しかったのだが……」

ざいませんでした」

「陛下が私を職業王妃として必要だと思ってくださるなら、私は万難《ばんなん》を排《はい》して尽力《じんりょく》する所存でございます。されど新たな職務については、ご容赦《ようしゃ》くださいませ」

すっかりいつもの職業王妃に戻っていた。

「マルティナ……」

「さあ、くだらぬことを話している場合ではございませんでしたわ。職業王妃として急いで解決すべきことが山積みです。今回のことで早急《さっきゅう》に改善しなければならないことが見えて参りました。スタンリー公のことも、私はまったく気付いておりませんでした。職業王妃としてまだまだ未熟でございました。しばらく懺悔《ざんげ》の日が続きそうですわ」

「あの……マルティナ……」

「ジュエルチンチラ達。今日は助けてくれてありがとう。今度、もらったお給金でゼリービーンズをたくさん買って持ってくるわね。待っていてね」

チンチラ達は「キキッ」と鳴いてマルティナの言葉に両手を上げて喜んでいる。

「さあ、宮殿《きゅうでん》に戻りますよ、陛下。急いで護衛のいるところまで行きましょう」

マルティナは、タッタと先頭に立って歩きだした。

「いや、あの……さっきの可愛いマルティナは？　なんでも受けるという約束は？」

クラウスの呟きもむなしく、マルティナはいつもの鉄壁《てっぺき》の職業王妃に戻っていた。

十三章◆新たな職業王妃の始まり

王宮の一角にある物々しい議場では、臨時の審議会《しんぎかい》が開かれていた。

玉座にはクラウスとマルティナが座り、特別議長は太上王《だじょう》と太上王妃《おうひ》だった。

そして腰《こし》までの木の柵《さく》に囲まれた被告席《ひこく》に立っているのはスタンリー公だ。

背後の二段に分かれた檀上《だんじょう》には審議員《しんぎいん》がずらりと並び、両脇《りょうわき》の傍聴《ぼうちょう》席はエリザベートをはじめとした関係者が埋《う》め尽《つ》くしている。アランも最前列で傍聴していた。

「太上陛下に申し上げます。これはとんでもない冤罪《えんざい》でございます」

スタンリー公は審議会が始まるとすぐに余裕《よゆう》の笑顔《えがお》で告げた。

豪奢《ごうしゃ》な貴族の正装姿で縄も解かれ、罪人という雰囲気《ふんいき》はない。

「冤罪と？　しかしそなたは王妃を殺そうとしたというではないか」

太上王が尋《たず》ねるとスタンリー公は平然と答えた。

「それは王妃様が作り上げた捏造《ねつぞう》話でございます。考えてみてくださいませ。私が王妃様の命を狙《ねら》うなど、あるはずもございません」

「な！」

マルティナは息をするように嘘《うそ》を吐くスタンリー公に驚《おどろ》いた。

しかしこんなことぐらいで怯《ひる》むつもりはない。何があっても勝手に王妃をやめることは許さない、と言ってくれたクラウスとの約束を死守するつもりで臨《のぞ》んでいた。

「嘘をつくな！　助けようとした私にも斬《き》りかかったではないか！」

クラウスがすぐに玉座から反論した。

「何っ！　王であるクラウスにも斬りかかったのか⁉　これはいかに長い付き合いのそなたでも庇《かば》いようがない大罪じゃぞ。スタンリー公」

クラウスの発言を聞いて、太上王も呆《あき》れ果《は》てた。だが。

「太上陛下、すべては王妃様の謀略《ぼうりゃく》でございます。私は謹慎《きんしん》処分となった王妃様を心配して、少しばかり苦言を呈《てい》していたのでございます。それを逆恨《さかうら》みした王妃様が、あろうことか私に斬りかかられたなどとあり得ない嘘をつき、王様を丸め込んだのでございます。王様はそれを信じ、私に斬りかかってこられ、私は仕方なく応戦したのでございます」

「なんと……」

太上王はもっともらしいスタンリー公の説明に考え込んだ。

傍聴席の人々がざわめいている。

エリザベートは父の優位を感じてほくそ笑《え》んだ。

「父上、違《ちが》います。私はスタンリー公が王妃を斬り捨てようとした剣《けん》を確かに受け止めました。明らかに王妃の命を狙った剣でした」

　クラウスは憤慨《ふんがい》して反論する。だがスタンリー公はむしろ待っていたように答えた。

「太上陛下、このように王様はすっかり王妃様に懐柔《かいじゅう》されてしまっております。私は国を思う者として、このままでは騒乱《そうらん》の時代を繰《く》り返《かえ》すことになるのではと危惧《きぐ》しておりました。私はご存じのように王様に忠誠を誓《ちか》う臣下として長く尽くして参りました。それは太上陛下も見てこられたことと思います。すべての災《わざわ》いの元は王妃様なのです。王妃様と結婚《けっこん》されてから、王様は変わってしまわれた。重臣はみな、そのように申しております」

　傍聴席から「そうだそうだ！」というスタンリー公側近の重臣達の声がした。

　マルティナはクラウスが変わってしまったと言われて、すでに心が折れそうになって俯《うつむ》いた。スタンリー公の審議会のはずが、マルティナを糾弾《きゅうだん》する審議会になっている。

「大丈夫《だいじょうぶ》だ。堂々と前を向いていろ」

　マルティナははっと顔を上げる。

　クラウスはマルティナに小声で言うと、立ち上がった。

「私が王妃と結婚して腑抜《ふぬ》けてしまったと、そのように聞こえるが、いま賛同した者はそのように思っているということで良いのだな？　良く顔を覚えておこう」

　傍聴席の側近達はぎくりとして、慌《あわ》てて顔を俯けた。

「ところで、その腑抜けた王である私は、最近興味深い事実に気付いたのだ」

王は何を言い出すのかと、傍聴席が再びざわめく。

エリザベートも笑みを消した。

「スタンリー公、そなたは迎賓館《げいひんかん》の建設にやけに乗り気であったな？」

「え……」

スタンリー公は思いがけない話題になって言葉を詰《つ》まらせた。

「先日の議会で出された迎賓館の建築予算案に目を通してみた。高名な建築家を他国から招いていると言っていたが、ずいぶん高額な支払《しはら》いが計上されていたな」

「そ、それは、シュルツ卿《きょう》の他国での相場に照らし合わせたもので、決して法外な額というわけではございません。調べてもらえば納得《なっとく》いただけるかと」

スタンリー公は慌てて言い繕《つくろ》う。

「ふむ。確かにそのシュルツ卿とやらが本物であればそうなのであろうな」

思いがけないクラウスの言葉に重臣達が顔を見合わせる。

「な、何をおっしゃるのですか！　もちろん本物でございます」

「ところがどういう訳か、そなたの屋敷《やしき》に滞在《たいざい》している同じ時期に、アラン侯爵《こうしゃく》の知り合いが外遊先の他国で本人と会ったというのだ。これはどういうことだろうか？」

クラウスは傍聴席に視線をやり、アランはウインクで答えた。

「そ、そんなはずは……」

スタンリー公の言葉が歯切れ悪くなってきた。

「どうもおかしいと思って、以前にそなたの領地に公費を使って建てたゲストハウスの建築費も調べてみた。いろいろおかしな金の流れがあるようだな」

「く……それは……」

「ガザの役人の不正についても、国司の協力によりこちらで独自に調べてみた。そなたが送ったという救援物資《きゅうえん》は、複数の役人の手を渡《わた》って、結局そなたのもとに戻《もど》っていた。これはどういうことだ？」

「……」

スタンリー公はすでに言葉を失《な》くしていた。

傍聴席の人々が信じられないと囁《ささや》き合い、エリザベートはわなわなと震《ふる》えている。

「証拠《しょうこ》となる資料はすべてここに揃《そろ》えました。御覧《ごらん》ください、父上」

クラウスは太上王と太上王妃の前に資料の束を差し出した。すべてアランと共に数日前から集めていた。太上王と太上王妃はそれらの資料に目を通して不正の証拠を確認《かくにん》したようだ。

「王を欺《あざむ》きギリスア国を食いものにしようとしているのは、王妃ではなくそなたなのではないか？　嘘つきというのは、自分がやっている悪事を善良な他人になすりつけるのがうまいと聞くが、まさにその通りだな、スタンリー公よ」

傍聴席の視線は一気にスタンリー公に疑惑《ぎわく》を向ける。

そして太上王が大きなため息をついた。

「そなたを良き重臣と信じておったのに。残念じゃぞ、スタンリー公」

「太上陛下……」

スタンリー公は、がくりと膝《ひざ》をつく。

だが傍聴席のエリザベートは、まだ諦《あきら》めていなかった。

「違う！　お父様は悪くないわ！　なによ、あなた達！　いつもお父様に世話になっているくせに、もっと反論なさいよ！　自分がやったと言いなさい！」

取り乱して金切り声をあげるエリザベートの姿が見える。だがスタンリー公の側近達は、目を合わさないようにこそこそと顔を俯けたままだ。

「スタンリー公については、今回の件以外にも多くの余罪がありそうだ。領地にも審議員を派遣《はけん》して、すべての罪をつまびらかにする。罪状はそれらすべてを吟味《ぎんみ》してから判断しよう。異論のある者は？」

クラウスが問いかけると、審議員は「仰《おお》せのままに致《いた》します」と全員一致《いっち》で答えた。

「連れて行け」

クラウスが命じ、衛兵達がスタンリー公を取り囲む。

「く……くそ……放せ！　無礼者め！」

抵抗《ていこう》しようとするスタンリー公を、衛兵達が両側から摑《つか》んで連れていく。

「わあああ！　嫌《いや》よ！　お父様！　私はどうなるの？　なんてことをしてくれたのよ！」

取り乱して泣《な》き叫《さけ》ぶエリザベートも、一緒《いっしょ》に衛兵に連れ出される。

これで一件落着と安堵《あんど》の空気が流れたが、議場を出される直前でエリザベートはマルティナに向き直り叫んだ。

「この国はもう終わりよ！　そこにいる職業王妃が騒乱の歴史を蘇《よみがえ》らせるのだわ！」

「⁉」

マルティナは突然《とつぜん》名指しされて蒼白《そうはく》になった。

「なぜなら王様は最悪の禁忌《きんき》を犯《おか》しているのです。職業王妃に懸想《けそう》しているのです！」

太上王妃をはじめ、全員がまさかと驚く。

「いずれ妃《きさき》たちの後継《こうけい》争いと共にこの国は滅《ほろ》びるわ。私達を葬《ほうむ》った罰《ばつ》を受けるのよ！

あははは。楽しみだわ。みんな滅びればいいのよ。あはははは」

甲高《かんだか》い声で高笑いするエリザベートは、追い出されるように議場から出ていった。

残された人々は、しんとクラウスを見つめた。

王が職業王妃を愛するなど、あってはならない禁忌のはずだった。

やがて重い空気を振《ふ》り払《はら》うように太上王妃が口を開いた。

「王よ。エリザベートの言ったことは本当なのですか？」

「……」

全員が息を詰めてクラウスの返答を待っている。

マルティナは完全な否定をしてくれるものと思っていた。

しかしクラウスは決心したように告げた。

「はい。私は王妃マルティナを愛しています」

「！」

マルティナは言葉を失い、全員が唖然《あぜん》とクラウスを見つめた。

「な、なんという……。自分が何を言っているのか分かっているのか？　クラウス」

太上王がわなわなと言《い》い募《つの》る。

「恋愛《れんあい》禁止のシルヴィア様の教えを……あなた達は……マルティナ‼」

太上王妃は教え子であるマルティナに怒《いか》りの矛先《ほこさき》を向けた。

マルティナは蒼白のまま俯くことしかできなかった。

しかしクラウスは太上王妃に告げる。

「いいえ。母上はシルヴィア様の教えを誤解しています」

「誤解？」

太上王妃は怪訝《けげん》な顔で聞き返した。

「私は職業王妃の制度を調べ直してみました。初代シルヴィア様の時代の聖典から歴代の変遷《へんせん》をずっと調べていたのです。そしてとても大事なことに気付きました」

なんとか職業王妃の制度を改革しようと、アランに手伝ってもらってずっと調べていた。

「大事なこと？」

「そうです。シルヴィア様は確かに貴族女性が才能を発揮して豊かに生きる道を作ろうと尽力《じんりょく》していました。ですが彼女自身は恋愛禁止とは一度も言っていません」

「そ、そんなはずは……」

シルヴィアは夜伽《よとぎ》をしない無垢《むく》の王妃として言い伝えられている。

恋愛に溺《おぼ》れぬ毅然《きぜん》とした姿に憧《あこが》れ、代々踏襲《とうしゅう》されてきたのだ。

「実際に彼女は職業王妃に就任するまでは、普通《ふつう》の妃の一人でした。たまたま王の訪問がなかったから無垢の王妃と言われていますが、彼女自身が夜伽を拒絶《きょぜつ》したという記録はありません」

「そ、それは……」

言われてみれば確かにそうかもしれない。

シルヴィアが妃の一人であったことは事実として記録されている。

「職業王妃の恋愛を禁止すると言い出したのは、王妃の権力が大きくなることを危惧した、後世の重臣達の思惑《おもわく》です。代々の聖典を調べてみれば分かります。シルヴィア様は多くの制約に縛《しば》られた貴族女性に、もっと広い可能性を与《あた》えたかったのです。そんなシルヴィア様が貴族女性の自由を奪《うば》うような法を作るはずがありません」

聡明《そうめい》な太上王妃は少し考え、納得したらしい。

「なるほど、いいでしょう。ならば愛に生きるマルティナを認めましょう。王が職業王妃を愛してしまったというなら、妃としてマルティナを娶《めと》ることを許します。ですが職業王妃は別の者が……」

だが太上王妃が言い終わる前に、クラウスは反論した。

「いいえ。私の職業王妃はマルティナしかいません。彼女と共に過ごしてみて、私の治世に必要不可欠な女性だと改めて強く思いました」

太上王は呆れたように首を振った。

「そのような勝手は許されぬのだ、クラウス。そもそも妃達の後継争いに端《たん》を発して作られた職業王妃の制度なのだ。それを許せばエリザベートが言ったように、再び騒乱の時代が来る。たとえそなたが後継争いを起こさなかったとしても、後世の王が必ず騒乱を招くだろう。例外は認められぬのだ」

クラウスはそう言われることを予想していた。

だからアランの言う『普通の男達にとって最も苦しい茨の道』を選ぶことにした。

「その例外を今回だけは認めてもらうため、私は太上王と太上王妃のおられるこの場で、一つの誓いを立てようと思います」

「誓い？　何を誓うつもりだ、クラウス」

太上王と太上王妃は不審《ふしん》な表情を浮《う》かべて見つめる。

マルティナも、いったいクラウスが何を誓うつもりなのかまったく分からなかった。

「私クラウス・ギリスアは、生涯《しょうがい》、王妃マルティナ一人を愛することを誓います」

クラウスは右手を胸に当て、太上王と太上王妃に厳《おごそ》かに告げた。

「な!!」

その場の全員が驚きの表情を浮かべた。

「複数の妃がいるから後継争いが起こるのです。王妃が一人であれば、後継争いなど起ころうはずもありません」

「し、しかし、そうは言っても。世の男性というものは、いつだって口先だけで唯一《ゆいいつ》の愛を誓うものです。そのような例外は……」

太上王妃は長年太上王を支えてきた深い経験から、極《きわ》めて正しい見解を述べる。

「万が一、王妃以外の女性を愛するようなことがあれば、王の地位を譲位《じょうい》致します」

「!!」

クラウスの宣言に、太上王も太上王妃も反論のすべを無くした。

傍聴席のアランは、ついに言ってしまったかと肩《かた》をすくめた。

本当にいいのかと、クラウスに何度も念を押した。

生涯一人の女性への愛を誓うなど、ハーレムを持つサミュエル王子にとっては地獄《じごく》の苦しみだろう。そしてそこまで軽薄《けいはく》ではないが、アランも自信がない。

だが、クラウスは「なんだ、そんなことか。当たり前じゃないか」と当然のように言ってのけた。そういう男も広い世の中に一人ぐらいはいるらしい。

むしろそうまで想《おも》う相手と添《そ》い遂《と》げられないことの方が、クラウスにとっては地獄の苦しみなのだろう。

結局、ここで結論を出すのは早計ということで、クラウスの誓いは保留となった。

だが、マルティナの職業王妃解雇《おうひかいこ》という最悪の事態は、一応回避《かいひ》できたのだった。

審議会の後、マルティナはクラウスの部屋にいた。

「まさか……あのようなことをおっしゃるなんて……」

「迷惑《めいわく》だったか？」

クラウスに問われ、マルティナは指をぴしりと揃えた右手で髪《かみ》を撫《な》でつけ答えた。

「ええ。迷惑でございます。あのような誓いを立てて陛下が治世を全うできないようなことがあったら……」

マルティナはやはり後悔《こうかい》するだろう。けれど……。

「けれど、同じぐらい……嬉《うれ》しく思ってしまいました……」

自分一人を生涯愛すると言ってくれた言葉も。職業王妃としての自分が必要だと言ってくれたことも。この自分を丸ごと受け入れてくれる言葉だった。

クラウスは嬉しいと答えたマルティナにほっとしていた。

「私は職業王妃の制度を無くすつもりはない。才能ある貴族女性が立身出世できる制度は必要だと君を見て強く思った」

「私のように勉強が好きな女性も世の中にはいます。そういう女性が能力を発揮できる場を、私は無くしたくないのです。そしてそれを継承《けいしょう》することこそ、シルヴィア様の願いだと思うのです」

シルヴィアの作った職業王妃養成院がなければ、マルティナは今頃《いまごろ》父親ほど年の離《はな》れた辺境の金持ち貴族のもとに嫁《とつ》いで、裁縫《さいほう》とダンスに明け暮れていたのかもしれない。

そんな自分になっていたらと思うとぞっとする。それと同時に、この制度を作ってくれたシルヴィアに感謝の思いが溢《あふ》れる。

「だが時代はもう次に進んでいる。貴族女性が一つのものを望めば、一つのものを諦めねばならないというのは不自然だ。男性貴族達は結婚もして、能力を発揮できる場も持っている。貴族女性だけが職業を持ったなら愛ある結婚はできないと決めるのは時代遅《じだいおく》れだろう。職業王妃が愛ある結婚をしてはいけないと決めつける方が不自然だ」

ただし王妃という立場ゆえに後継争いの問題がついてまわるのだとアランは言った。

そして世間に認めさせる方法が一つだけあるのだと。

「私はこの先も妃を持つつもりはない。私の妻は王妃一人でいい」

「クラウス様……」

マルティナは動揺《どうよう》の表情を浮かべた。

「私は必ず制度を改革して、君を私の唯一の王妃にしてみせる」

「で、ですが、そんなことは無理に決まっています。他に妃がいなければ、誰《だれ》が世継《よつ》ぎを産むのですか？」

「もちろんただ一人の王妃の君だ。だから愛が必要だと言っているのだ」

「な‼」

マルティナは、かあっと真っ赤になった。

「必ず父上や重臣達を説得し、君を本当の意味での王妃にしてみせる。その時は新たな職務を必ず受けてもらう。覚悟《かくご》しておくがいい」

そう言ってクラウスは、自信満々ににやりと微笑《ほほえ》んだ。

マルティナはますます頬《ほお》を紅潮させる。

この人なら、本当に実現してしまうのかもしれないと……。

そして……そんな未来が自分にあるのなら……それはひどくくすぐったいような幸福に包まれているような気がした。

だが慌ててそんな妄想《もうそう》を振り払う。

いつかそんな未来が来たとしても……。

実現していない今は……偉大《いだい》なるシルヴィア様の教えを守り職務を全うしようと思う。

「ところで、正式に認めてもらえるまで、母上の口調ではまだしばらくかかりそうだな。それまで少しずつ慣らしていくというのはどうだろうか？」

「慣らしていく？」

思いついたように言うクラウスにマルティナは何のことを言っているのかと首を傾《かし》げた。

「いきなり王を愛するという追加職務だと君が戸惑《とまど》うのも仕方がない。だからそうだな。まずは朝晩のキスを追加職務にするのはどうだろう。他国では家族の挨拶《あいさつ》のようなものだという。王妃との挨拶ということに……」

マルティナは意味が分かって、真っ赤になった。

「そ、それは職業王妃の職務をかなり逸脱《いつだつ》しております。できません」

だがクラウスは諦めない。

「では膝枕《ひざまくら》はどうだろう。君の膝枕だと不思議によく眠《ねむ》れるのだ。王の健康管理は職業王妃の職務だろう？」

マルティナはしばし考え込んだが、慌てて否定する。

「いいえ。王の健康管理につきましては、様々な方法が偉大なるシルヴィア様より伝授されております。膝枕はそれらすべてを試《ため》してからの最終手段でございます」

ぴしりと伸《の》ばした右手で髪を撫でつけながら答える。

まったくつけ入る隙《すき》がなくなってしまったが、クラウスはまだ諦めない。

「じゃあ、添い寝《ね》はどうだろうか？」

「言語道断でございます。お断り致します」

「ではこれはどうだ？　散歩の手つなぎ。これならいいだろう？」

「人目につくと問題が大きくなります。できかねます」

「ではこれで諦めよう。おはようのハグ。それならいいだろう？　一日の始まりを共に高め合う儀式《ぎしき》だ。それで私が激務にも前向きに頑張《がんば》れるなら、重要な職務だ」

「……」

マルティナは少し考えた。

「それは……」

なぜか「職務外です」と答えられなかった。

「よしっ！　決まりだ！」

嬉しそうに拳《こぶし》を振り上げ、クラウスはさっそくマルティナを抱《だ》き締《し》めた。

「へ、陛下！　今は朝ではございません！」

「今日の分だ。今日はしてないからな」

必死にクラウスの腕《うで》から逃《のが》れようとするマルティナの額に、クラウスはキスをおとす。

「あっ！　な、なにを！」

真っ赤になって額を押さえるマルティナに、クラウスはいたずらっ子のように微笑んだ。

「可愛《かわい》いからおまけだ」

「へ、陛下っ！」

もう一度抱き締められマルティナは呆れながらも、クラウスの胸の温《ぬく》もりが心の中まで染《し》み込むような幸福感に包まれていた。

ギリスア国に、新しい時代の暖かな風が吹《ふ》き始めようとしていた。

END

あとがき

このたびは『職業王妃《おうひ》ですので王の溺愛《できあい》はご遠慮《えんりょ》願います』を手に取って頂きありがとうございます。この作品は四年も前の年末に、正月の暇《ひま》つぶしにでも読んでもらおうとWEB上に短編として公開していた作品を題材にして、大幅《おおはば》加筆修正というか、ほぼ違《ちが》う作品に仕上げたものです。

当時の設定ではクラウスは年下王子だったのですが、なんと、年上カリスマ王に変更《へんこう》して登場人物も大幅に増やしました。マルティナはキャラが濃《こ》くなったぐらいですが、クラウスはまったく別人です。私自身は侍女《じじょ》のメリーとマルティナのやりとりが楽しく、それを書きたいがために、担当様に無理をいってようやく出版にこぎつけることが出来ました。

担当様には大変ご苦労をかけてしまいましたが、私の熱意を受け止めてくださり、尽《じん》力《りょく》頂いたことに心より感謝致《いた》します。そして、とても可愛《かわい》いマルティナと素敵《すてき》なクラウスを描いてくださったwoonak様、本当にありがとうございます！

そして次作をずいぶん待たせてしまいましたが、文句も言わず気長に待っていつも応援《おうえん》くださる読者様に、一人でも多く楽しんで頂けたら嬉《うれ》しいです。

ここまで読んでくださり、本当にありがとうございました！

■ご意見、ご感想をお寄せください。
《ファンレターの宛先》
〒102-8177 東京都千代田区富士見2-13-3
株式会社KADOKAWA ビーズログ文庫編集部
夢見るライオン 先生・woonak 先生

●お問い合わせ
https://www.kadokawa.co.jp/（「お問い合わせ」へお進みください）
※内容によっては、お答えできない場合があります。
※サポートは日本国内のみとさせていただきます。
※Japanese text only

ビーズログ文庫

職業《しょくぎょう》王妃《おうひ》ですので
王《おう》の溺愛《できあい》はご遠慮《えんりょ》願《ねが》います

夢見《ゆめみ》るライオン

2022年9月15日 初版発行

発行者　青柳昌行
発行　株式会社 KADOKAWA
〒102-8177 東京都千代田区富士見2-13-3
（ナビダイヤル）0570-002-301
デザイン　Catany design
印刷所　凸版印刷株式会社
製本所　凸版印刷株式会社

■本書の無断複製（コピー、スキャン、デジタル化等）並びに無断複製物の譲渡および配信は、著作権法上での例外を除き禁じられています。また、本書を代行業者等の第三者に依頼して複製する行為は、たとえ個人や家庭内での利用であっても一切認められておりません。

■本書におけるサービスのご利用、プレゼントのご応募等に関連してお客様からご提供いただいた個人情報につきましては、弊社のプライバシーポリシー（URL:https://www.kadokawa.co.jp/）の定めるところにより、取り扱わせていただきます。

ISBN978-4-04-737161-3 C0193
©Yumemirulion 2022 Printed in Japan

定価はカバーに表示してあります。

◇◇◇